아름다운 일주일

아름다운 일주일

첫판 1쇄 발행 | 2007년 12월 24일

지은이 | 한경아
펴낸이 | 문종현
펴낸곳 | 도서출판 달과소
영업책임 | 배승원

출판등록 | 2004년 1월 13일 제2004-6호
주소 | 우)121-840 서울시 마포구 서교동 395-64 회산빌딩 301호
전화 | 0502-123-8889
팩스 | 0502-123-8890
이메일 | chonnom@dalgaso.co.kr

디자인 | 김영미
찍은곳 | 신우문화인쇄

ISBN 978-89-91223-20-2 03810

일주일 동안 행복해지는 신비한 비밀

한경아 지음

달과소

당신의 일주일을 체크해보세요.

당신은 희망찬 월요일 아침을 보냈습니까?

화요일 하루 동안 당신은 성실함을 잊지 않았습니까?

수요일에 당신은 몇 번이나 감사의 마음을 표현했습니까?

목요일 오후 사랑하는 사람을 위해 희생도 감수했나요?

금요일에 단 1초라도 상대방을 위해 작은 배려를 잊지 않았습니까?

토요일에는 꿈을 이루기 위해 계획을 실천 하셨습니까?

일요일 아침, 당신은 영원한 행복이 찾아올 것이라고 믿습니까?

이 책에 소개된, 행복해지는 비밀을 알고 있는 7명의 주인공은 실제로 행복한 일주일을 살고 계신 분들입니다. 일요일에 소개된 이태석 신부님은 현재 수단에 계시기 때문에 카페(http://cafe.daum.net/WithLeeTaeSuk)에 소개된 기사를 토대로 스토리텔링 했습니다.

CONTENT

장미 7송이에 담긴 행복

최악의 일주일

매캐한 냄새 때문에 밤잠을 설친 달수는 밤새도록 울어서 퉁퉁 부은 눈을 비비며 잠에서 깼다. 살림살이는 모두 불에 타서 숯덩이가 되었고, 그나마 온전한 것들 역시 불을 끄기 위해 달려온 소방관에게 물벼락을 맞아 흠뻑 젖어 있었다. 용이 할머니의 말처럼 매캐한 냄새가 사라질 때까지라도 할머니 집에 있을 걸 괜스레 고집을 피운 것 같았다.

"내가 어쩌다 이렇게 처량 맞은 신세가 됐을까? 난 정말 행복해지고 싶었는데 어디서부터 잘못된 거야?"

달수는 쏟아지는 눈물을 주체할 수가 없었다. 일주일 내내 울었는데 아직도 나올 눈물이 있다니 신기할 뿐이었다. 달수는 용이 할머니가 건네 준 이불을 머리끝까지 뒤집어쓰고 소리 내어 엉엉 울었다. 지난 일주일동안 자신에게 닥쳐온 끔찍한 불행을 잊어버리고 싶었지만 울음소리가 커질수록 마치 어제 일처럼 또렷하게 기억났다.

"악몽 같았던 일주일이야. 정말 최악이었어."

불행의 시작은 월요일 아침, 갑작스런 해고에서부터 시작되었다. 10여 년 동안 버스 운전을 해 온 달수도 지긋지긋한 회사에서 벗어나고 싶었지만 통장이 텅 빈 상태에서 쫓겨나듯 회사를 그만두고 싶지는 않았다. 그러자 달수는 부모님이 원망스러워졌다. 부유한 집에서 태어났다면 지금 이렇지는 않을 텐데…. 화요일에 달수는 부모님께 달려가 공연히 어깃장을 놓았다. '사업자금을 빌려달라느니, 아무것도 해준 게 없다느니' 라며 부모님의 가슴에 대못을 박은 것이다. 그리고 나니 자신 역시 가슴이 쓰리고 아팠다. 무엇보다 서른일곱이라는 나이에 부모님께 효도하지는 못할망정 원망만 늘어놓는 것이 한심해서 견딜 수가 없었다. 부모님과 언쟁을 벌인 것도 모자라서 수요일에는 아내와 싸웠다. 아내를 사랑했지만 늘 궁핍한 생활에 쫓겨 마음이 가난했던 달수는 아내를 위해 자신을 희생하는 방법을 몰랐다. 아내는 눈물을 흘리며 옷가지를 주섬주섬 챙겨 집을 나갔다. 목요일에는 상상도 하지 못한 끔찍한 일이 벌어지고 말았다.

"목요일은 정말 생각도 하고 싶지 않아. 지하철에서 졸고 있는데 느닷없이 휠체어랑 사람이 무릎 위로 쓰러지면 누군들 화를 안내겠어. 그 순간에 웃으면서 휠체어를 일으켜 준다고 말하는 사람은 모두가 위선이야. 그나저나 대체 어떤 자식이 동영상을 찍은 거야."

그 날을 떠올리니 가슴속에서 불구덩이가 올라오는 것 같았다. 운이 없었는지, 아니면 사필귀정이었는지 달수가 지하철에서 자신의 무릎 위로 넘어진 소년을 나무라는 장면이 동영상에 찍혔고, 인터넷을 통해 순식간에 퍼져나갔다. 사람들은 '지하철 몰상식 남'이라는 제목의 동영상을 보고 달수에게 손가락질을 해댔다.

엎친 데 덮친 격으로 금요일에는 아들 녀석이 달수가 찍힌 동영상 때문에 학교에서 친구들과 주먹다짐을 벌이고 말았다. 결국 달수는 학교에 불려가야 했고, 아들 역시 아내를 따라 집을 나가 버렸다. 하루아침에 실업자가 되고, 세상 사람들에게 손가락질을 받게 된 달수는 의지할 가족마저 없는 외톨이 신세가 되고 말았다.

"도대체 내가 무슨 잘못을 했기에 이렇게 불행한 거야?"

설움이 북받친 달수는 밤새도록 술을 마시다 잠이 들었다. 그리고 토요일 새벽 피다만 담배꽁초가 화근이 되어 집에 불이 났다. 새벽녘에 폐휴지를 줍기 위해 나온 용이 할머니가 아니었다면 지금쯤 달수는 이 세상 사람이 아니었을지도 모른다. 하지만 살아있다는 사실에 무턱대고 감사할 수만은 없었다. 그는 불행뿐인 내일이 두렵고 무서웠다.

"내일은 더 큰 불행이 닥쳐올 거야"

생각만으로도 등줄기에 소름이 돋았다. 자신은 왜 이리도 불행한 걸까? 마치 불행이라는 그림자가 자신에게 딱 달라붙어서 따라다니는 것만 같았다. 그때 누군가 반도 남지 않은 방문을 두드리는 소리가 들렸다. 달수는 흐르는 눈물을 훔치며 문을 열었다.

용이 할머니였다. 150cm 정도의 아담한 키에 작지만 선해 보이는 눈과 동글동글한 코, 도톰한 입술이 자상해 보이는 용이 할머니는 가난한 살림살이에 폐휴지를 모아 생활하면서도 뭐가 그리 좋은지 늘 싱글벙글이다. 달수는 그런 할머니를 도무지 이해할 수가 없었다.

"달수, 오늘 아침 식사는 우리 집에서 같이 하게나."

"고마워요. 하지만 집구석 꼴을 보면 도저히 밥이 넘어갈 것 같지 않네요."

용이 할머니의 호의는 고마웠지만 죽고 싶을 정도로 절박한 지금 식욕이 생길 리 만무했다.

차라리 굶어 죽는 게 나을지도 모른다는 생각이 들었다.

"어허, 그런 소리 말게나. 자네 밥까지 해놨으니까 어서 건너와. 탄내가 지금도 코를 찌르는 것 같은데 여기 더 있다가는 질식하겠네."

용이 할머니가 손가락으로 코를 잡고 다른 한 손으로 빨리 나오라고 손짓을 했다. 질식이라도 해서 죽고 싶었지만 용이 할머니의 부드러운 미소에 고마움을 느낀 달수는 슬그머니 자리에서 일어나며 머리를 긁적거렸다.

"저 같은 놈이 밥은 먹어서 뭐해요."

"그런 소리하면 못 써. 자네가 어디가 어때서 그런가? 스스로 자신을 업신여기면 누가 자네를 사랑할 수 있겠어. 이 세상에 고달수는 유일하게 자네 하나야. 그것만으로도 자네는 충분히 소중한 존재란 말일세."

"자기가 자기인 것만으로도 소중해 질수 있다는 건가요?"

"자네한테 왜 자꾸 불행이 닥쳐오는지 조금은 알 것 같군. 이보게, 달수, 자네가 달수라는 사실은 자네 부모님에게는 유일한 아들이요, 아내에게는 남편이고 아이에게는 아버지라는 뜻이야. 그 어느 누구도 자네의 역할을 대신 할 수가 없다는 것이지. 이제 조금 알겠나? 자네가 얼마나 소중한 존재인지."

 달수는 용이 할머니의 말을 쉽게 이해할 수 없었다. 하지만 칭찬을 들으니 기분이 한결 좋아졌다.

 "불행이 제게만 오는 이유를 정말 모르겠어요"

 "그게 궁금하다니 다행이군. 밥 먹으면서 천천히 가르쳐줄 테니 어서 따라오게."

 자신의 말에 궁금증을 갖게 된 달수를 보며 기분이 좋아진 용이 할머니는 조금 전보다 더 밝게 웃으며 달수의 등을 토닥거려 주었다.

용이 할머니의 비밀

　　10년 가까이 같은 동네에 살았지만 달수가
용이 할머니의 집에 들어온 것은 지금이 처음이다. 할머니의
작은 방에서 가장 먼저 눈에 띈 것은 탐스럽게 핀 장미꽃 7송
이었다.

　일흔을 넘긴 할머니 방에 꽃이라니 어울리지 않는 조화라고
생각했다.

　"웬 꽃이에요?"

　"언젠가부터 그날 하루가 행복하면 장미 꽃 한 송이를 산다
네. 행복한 하루하루를 보낸다면 일요일이 되었을 때 꽃병 안

에 활짝 핀 장미 7송이가 들어있는 거야. 그러면 나는 행복한 일주일을 보낸 나 자신에게 탐스러운 장미를 선물한다네. 때론 친구에게 선물하기도 하지. 내가 느낀 행복과 함께 말이야."

"저처럼 불행한 사람은 영원히 장미꽃을 살 수 없겠네요."

불현듯 지난 최악의 일주일이 기억난 달수가 입을 삐죽거렸다. 가슴에서 휑한 바람이 불어오는 것 같았다.

"그렇다면 내가 이 장미를 자네에게 선물하면 되겠군."

할머니는 자리에서 일어나 꽃병에 담긴 탐스러운 장미 7송이를 달수에게 건넸다.

"말씀은 고맙지만 제 방에 가져가면 퀴퀴한 냄새 때문에 하루도 못 살고 죽을 걸요. 그냥 할머니 마음만 받은 걸로 할게요."

달수는 시커멓게 그을린 자신의 방을 떠올리며 손을 내저었다.

"우리 둘이서 아침을 먹고 방청소를 하면 될 것 아닌가? 자네가 불행한 이유를 또 발견했구먼. 첫 번째는 스스로를 귀하게 여기지 않는 것일세. 두 번째는 오늘 할 일을 내일로 미루는 게으른 성격이고, 세 번째는 무조건 부정적인 생각만 하는 거야. 도무지 자네에게선 희망이란 걸 찾아볼 수가 없어."

달수는 용이 할머니의 말을 들으면서 자신의 지난 시절을 잠시 되돌아보았다. 물론 회사에서 게으름을 피운 것은 사실이지만 하루 종일 좁은 의자에 앉아서 버스를 운전하다보면 삭신이 쑤셔서 발걸음을 띠는 것조차 힘들다. 뿐만 아니라 매일같이 반복되는 지겨운 일상에서 희망을 찾기란 사막에서 오아시스를 찾는 것만큼이나 어려운 일이다. 달수는 아무것도 모르면서 무턱대고 자신을 나무라는 용이 할머니가 야속했다.

"그것뿐이 아니야. 내가 오랫동안 자네를 지켜봤더니 불행을 부르는 습관을 많이 가지고 있더군. 밥을 먹으면서 천천히 자네가 겪었던 불행에 대해 이야기해보게. 내가 자네에게 행복을 선물해줄지도 모르지 않은가."

자신을 나무라는 용이 할머니가 마음에 들지 않았던 달수는 한숨을 내쉬며 입을 삐죽거렸다. 하지만 넋두리라도 해야 마음이 편해질 것 같아서 지난 일주일 동안 겪었던 불행에 대해 주절주절 늘어놓기 시작했다. 이야기를 하다보니 설움이 복받쳐서 눈물이 흘러내렸다.

"저런, 저런. 정말 끔찍한 일주일을 보냈군. 그렇잖아도 석이랑 석이엄마가 안 보인다 했더니 그런 사연이 있었구먼."

용이 할머니가 혀를 차며 달수네 가족을 걱정해주었다. 그 모습이 과장되거나 거짓말처럼 느껴지지는 않았다. 하지만 달수가 보기에는 용이 할머니의 모습도 자신 못지않게 가엾고 초라해보였다.

"넋두리를 늘어놓는다고 해서 달라지는 것은 없겠지만 기분은 훨씬 가벼워졌네요. 할머니도 그 동안 속상했던 일이 있으면 저한테 이야기하세요."

"글쎄. 나는 특별히 자네에게 넋두리를 할 만큼 힘든 일이 없는걸."

할머니가 가볍게 눈웃음을 지었다.

"말도 안돼요. 이렇게 살다보면 넋두리가 천장보다 더 높게 쌓일 것 같은데요."

달수는 가족도 없이 혼자 살면서 폐휴지를 주워 파는 용이 할머니가 이 동네에서 자신 다음으로 불행해보였다.

"이렇게 라니 그건 또 무슨 소린가. 행복과 불행은 자기 마음 안에 있는데 어찌 겉모습만 보고 섣불리 판단할 수 있겠어."

"언짢았다면 죄송해요. 하지만 저는 할머니께 제 속마음을 다 털어놓았는데 굳이 저한테까지 밝은 척 하실 필요는 없어요."

달수는 용이 할머니에게 조금이나마 열려고 했던 마음의 문을 다시 세차게 닫으며 미간을 찡그렸다. '쳇. 나는 기껏 진심으로 대했는데….'

"자네 말대로 나는 가난한 독거노인이라네. 하지만 자네가 생각하는 것처럼 불행하지는 않아. 왜냐면 칠십년 가까이 살면서 깨달은 것이 있거든."

용이 할머니의 얼굴 위로 자신감이 짙게 드리워졌다.

"내가 깨달은 이치를 자네에게 가르쳐줄까? 자네가 불행한 이유는 자네 자신에게 문제가 있기 때문이네. 그걸 고치지 않는다면 아마도 영원히 불행한 일주일을 보내게 될 거야."

'영원히 불행한 일주일을 보내야 한다니 말도 안돼.' 달수는 용이 할머니가 자신에게 악담을 퍼붓는 것 같아서 기분이 더 나빠졌다.

"자네가 조금만 생각을 달리했어도, 아니면 생활 습관이 조금만 달랐어도 자네는 최악의 일주일이 아닌 행복한 일주일을 보낼 수 있었을 거야."

용이 할머니의 목소리에는 확신이 가득 찼지만 달수는 그 말뜻을 도무지 이해할 수 없었고, 받아들이고 싶지도 않았다.

"마치 모든 불행이 저 때문에 일어난 것처럼 말씀하시네요. 할머니가 단 하루라도 제 입장이 되어 본다면 그렇게 쉽게 말씀하실 수는 없을 거예요."

화가 난 달수는 눈을 부릅뜨고 퉁명스럽게 용이 할머니에게 대꾸했다.

하지만 용이 할머니는 언짢아하기 보다는 조금 전보다 더 밝은 미소를 지어보였다.

"자네의 불행에 대해 쉽게 이야기하는 것이 아닐세. 단지 자네가 어떤 상황에 처해있다 해도 슬기롭게 문제를 이겨내고 행복해 질수 있는 방법을 가르쳐주고 싶은 것뿐이라네."

"말도 안돼요. 세상에 그런 방법이 어디 있어요?"

달수도 용이 할머니 못지않게 확신에 찬 목소리로 단호하게 말했다.

"속는 셈치고 일주일만 나한테 시간을 빌려줘 보게. 어차피 회사까지 그만두었으니 특별히 할일도 없지 않은가. 또 아나. 불행뿐인 자네 인생에 행복이 찾아올지도 모르지 않는가."

화가 나 있던 달수도 용이 할머니의 능청스런 표정을 보자 헛웃음이 새어 나왔다.

"자네 눈에는 내가 불행해 보일지도 모르겠지만 행복해지는 비밀을 늘 가슴속에 기억하며 살기 때문에 나는 항상 행복하다네. 일단 오늘은 둘이서 자네 방청소를 하자고. 그리고 내일부터 일주일 동안 하루에 한 가지씩 행복해지는 방법을 가르쳐줄게. 앞으로 자네는 최악의 일주일이 아닌 최고의 일주일을 보내게 될 걸세."

용이 할머니는 그 어느 때보다 당당하고 자신 있어 보였다. 달수는 별로 내키지 않았지만, 알겠다며 고개를 끄덕였다. 하지만 여전히 마음속으로는 할머니의 말이 와 닿지 않았다.

"일주일이 한달이 되고, 일년이 되고 어느 순간에는 자네의 평생이 될 걸세. 평생을 행복하게 산다고 생각해보게. 벌써부터 기쁘지 않은가?"

'세상에 그런 방법 따윈 없어. 노인네가 적적해서 그러는 모양인데 일주일 동안 좋은 일 하는 셈치고 말벗이나 해주지 뭐.'

02
—

진흙더미에서도 빛나는 진주
희망

미노리의 희망

정오가 다 되어서 잠이 깬 달수는 눈꺼풀이 떠지는 동시에 끔찍했던 기억들이 주마등처럼 머릿속을 스쳐 지나갔다.

"용이 할머니가 정말로 행복해지는 방법을 알고 있을까? 아니야. 세상에 그런 방법이 어디 있겠어. 그런 게 있다면 불행한 사람이 있을 리가 없지."

달수는 고개를 좌우로 절래절래 흔들었다.

"쓸데없는 기대 따윈 처음부터 하지 않는 게 좋아."

달수는 미간을 찌푸리며 이불을 얼굴 위까지 덮어씌웠다.

다시금 잠을 청해보려 했지만 눈부신 햇살 때문에 좀처럼 잠이 오지 않았다. 이불 속에서 안절부절 못하던 달수는 신경질적으로 이불을 걷어찼다. 그리고 방바닥에 가부좌를 틀고 앉았다.

"속는 셈치고 용이 할머니 집에 한 번 가볼까? 아니야. 그럴 시간이 있으면 차라리 잠이나 자는 게 낫지. 아니야. 또 뭔가가 있을지도 모르잖아."

달수는 엉덩이를 들썩거리며 앉았다 일어났다를 반복했다. 그때 밖에서 누군가의 인기척이 들려왔다. 그리고 덜컹거리는 문이 삐거덕 소리를 내며 열렸다.

"이보게. 달수. 아무리 기다려도 오지 않기에 내가 직접 왔다네. 오늘부터 내가 행복해지는 비밀을 가르쳐준다고 하지 않았나."

망설이던 찰나에 직접 찾아와준 용이 할머니가 반가웠지만 달수는 습관적으로 입을 삐죽거렸다.

"이제 완연한 가을이야. 바깥에서 가을바람을 좀 더 쐬고 있을 테니까, 옷 챙겨 입고 나오게. 다녀올 곳이 있거든."

용이 할머니는 주름진 눈으로 살며시 윙크를 하며 조심스럽게 방문을 닫았다.

"쳇. 귀찮게 어디를 가자는 거야. 가겠다고 말도 하지 않았는데."

달수는 보이지 않는 용이 할머니를 향해 눈을 흘겼지만 어느새 일어나 옷가지를 주섬주섬 꺼내 입었다. 바깥바람이 제법 선선했다. 용이 할머니 말처럼 가을이 찾아온 모양이다.

"행복해지는 비밀이라니, 대체 그게 뭐예요."

달수는 심술궂은 목소리로 용이 할머니에게 쏘아붙였다.

"누구나 쉽게 알 수 있다면 비밀이 아니지. 조금 후에는 퉁퉁 부었던 자네 입술이 한 뼘은 들어갈 걸세. 내 장담하지. 그나저나 버스를 탈까, 지하철을 탈까? 두 가지 모두 자네에게는 안 좋은 기억이 있을 것 같아서 말이야. 자네가 결정하게."

용이 할머니의 말에 달수는 악몽 같았던 지난주가 다시 떠올랐다. 버스를 타자니 동료들을 만날 것이고, 지하철을 타자니 사람들이 무섭고. 잠시 고민한 달수는 지하철을 타기로 결심했다. 버스를 타면 동료들 앞에서 자신의 모습이 한없이 초라하게 느껴질 것 같았다. 두 사람은 지하철을 타기 위해 가까운 역으로 내려갔다. 달수는 혹시 사람들이 지난주에 나돌던 동영상을 기억하고 자신에게 손가락질을 하지는 않을까 불안해서 식은땀이 흘렀다. 한 정거장, 두 정거장이 지났지만 걱정

27

했던 것처럼 자신을 알아보는 사람은 없었다. 달수는 안도의 숨을 내쉬었다. 그러다 보니 문득 자신의 모습이 한 없이 초라해 보였다.

'바보같이 이게 무슨 꼴이야.'

"무슨 생각을 하기에 얼굴이 우거지상이야?"

얼굴색이 잿빛으로 변한 달수를 보며 용이 할머니가 다정하게 물었다.

"제 자신이 한심해서요."

한숨 섞인 달수의 푸념에 용이 할머니가 대답대신 다정하게 손을 잡아주었다.

"조금만 기다려보게. 내가 이제부터 자네에게 행복해지는 방법을 가르쳐준다고 하지 않았나. 더 이상 한심해지는 일은 없을 걸세."

'과연 할머니를 믿어도 될까.'

달수는 지푸라기라도 잡는 심정으로 용이 할머니를 믿어보기로 했다.

1시간가량 지하철을 타고 이동한 두 사람은 시원한 오후 햇살을 맞으면서 어두운 지하철에서 밖으로 나왔다. 밝은 햇살 앞에 나오니 달수는 자신의 모습이 조금 전보다 더 작고 초라하게 느껴졌다.

'직장에서 쫓겨나고 동네 할머니랑 마실이나 다니다니 이게 무슨 꼴이야.'

용이 할머니는 혀를 차며 미간을 찌푸리는 달수에게 무언가를 말하려다 그만두었다. 그 대신 달수가 행복해질 수 있다는 믿음을 갖도록 더욱 확신에 찬 미소를 지어보였다. 달수는 그런 할머니의 미소에 무심한 표정으로 대답해주었다.

잠시 후 용이 할머니는 미로처럼 복잡한 골목을 지나 묘한 분위기를 풍기는 가게 앞에 멈춰 섰다. 작은 간판에는 두 마리의 검은 용이 마주보면서 하트 모양을 만들어내고 있었다. 마치 가게 문을 열고 들어가면 커다란 수정 구슬로 미래를 예견해주는 마술사가 있을 것만 같았다. 조심스럽게 문을 밀어보니 수정 구슬 대신 문신을 새길 때 필요한 도구들이 반듯하게 놓여 있었다.

용이 할머니의 얼굴이 구슬처럼 반짝거리며 빛나기 시작했다.

"이보게, 자밀. 안에 있나?"

혹시나 문신에 방해가 될까봐 걱정스러웠는지 용이 할머니의 목소리가 모기처럼 작아졌다.

그 모습에서 달수는 왠지 모를 따뜻함이 느껴졌다.

그때 어디선가 비음이 섞인 남자의 우렁찬 목소리가 들려왔다.

"어머니, 어서 오세요."

'용이 할머니는 가족이 없다고 들었는데 어머니라니.'

두 팔을 벌리고 용이 할머니를 품에 끌어안은 아들을 보고 달수는 또 한번 얼굴을 찌푸렸다.

'아들이라니. 저 사람이 어떻게 할머니 아들이야.'

"손님 있을까봐 조심했는데 아무도 없는 모양이지."

남자의 우렁찬 목소리를 듣고 안심했는지 용이 할머니의 목소리가 평소처럼 씩씩하게 변했다.

"네. 월요일이라서 그런지 손님이 별로 없네요."

달수는 모자 사이로 보이지 않는 두 사람을 다시 한번 아래위로 훑어보았다.

"달수 인사하게. 내 둘째 아들이라네."

"아, 안녕하세요. 그런데, 저기 아들이라니, 무슨 뜻이죠?"

달수가 의아해 하는 이유는 용이 할머니와 아들의 모습이 전혀 닮지 않았기 때문이었다. 피부색도 달랐고, 얼굴 생김새도 달랐다. 짧은 스포츠 형 머리를 한 그는 부리부리한 큰 눈과 오뚝한 콧날 그리고 까무잡잡한 피부를 가진 스리랑카 사람이었다.

"아들이면 아들이지 거기에 뜻이 어디 있는가?"

용이 할머니가 눈을 동그랗게 뜨고 짐짓 짓궂은 목소리로 말했다.

"제가 힘들 때 어머니처럼 항상 보살펴주시고 도와주셨어요. 비록 피부색은 다르지만 제겐 소중한 어머니랍니다."

자밀 이란 이름을 가진 건장한 남자가 유창한 한국어 솜씨로 달수에게 말했다.

"부모 자식간에 피부색이 뭐가 그리 중요한가. 서로 아끼는 마음만 있으면 돼지. 참 오늘은 사랑스런 손녀 미노리의 첫 번째 생일이라네. 달수 자네도 같이 가자고."

아들을 만난 기쁨에 용이 할머니의 목소리가 평소보다 훨씬 들떠 있었다.

'대관절 나를 어디까지 끌고 다닐 셈이야.'

"얼굴도 본 적 없는 꼬맹이 생일에 제가 뭐 하러 갑니까?"

심술이 난 달수는 고개를 갸웃거리며 퉁명스럽게 말했다.

"생일 파티는 축하해주는 사람이 많을수록 좋은 법이야. 특별히 할 일도 없을 텐데 같이 가지 그러나. 자네에게 행복해지는 비밀을 가르쳐줄 사람들이 거기 있거든."

용이 할머니의 진담 섞인 농담에 무안해진 달수의 뺨이 새빨갛게 달아올랐다.

"속는 셈 치고 따라왔으니 꼬맹이 생일파티에도 같이 가죠 뭐."

여전히 달수는 입을 삐죽거리며 오만상을 찡그렸다.

"꼬맹이가 아니라 미노리라니까 그러네. 설마 자네 귀여운 숙녀 앞에서도 그렇게 인상을 쓰진 않겠지."

달수는 계속해서 무안을 주는 용이 할머니가 얄미워서 두 눈을 가자미처럼 뜨고 할머니를 째려보았다. 그 모습을 보며 용이 할머니는 무섭다는 듯 어깨를 움찔거리며 껄껄 거렸다.

달수는 어제보다 용이 할머니가 더 야속했지만, 미노리라는 아이의 첫 생일잔치에 참석하기로 마음먹었다. 저녁 무렵 달수는 드디어 용이 할머니의 가족을 만날 수 있었다. 까무잡잡한 피부가 큰 눈과 무척이나 잘 어울리는 큰 아들 인디그, 구불구불한 웨이브 머리를 어깨춤까지 길러 여성스러워 보이는 딸이자 며느리인 안젤라, 그리고 오늘의 주인공인 사랑스런 손녀 미노리가 반갑게 용이 할머니와 자밀 그리고 달수를 반겨주었다. 달수는 그 나이 또래 아이답지 않게 마른 미노리를 보면서 왠지 모를 애잔함을 느꼈다.

"우리 미노리 생일 축하해."

용이 할머니가 인형처럼 예쁜 미노리를 끌어안고 연신 볼에 뽀뽀를 해주었다. 모든 것이 어색했던 달수는 구석자리에 앉았다. 아무래도 자신이 용이 할머니에게 완전히 속았다는 생각이 들었다.

'뭐야. 도대체 행복해지는 비밀이 어디 있다는 거야. 흔한 돌 반지 하나 없이 초라한 밥상에서 하는 생일잔치가 행복하다는 건 아니겠지. 설마….'

달수는 의심에 찬 눈초리로 용이 할머니와 그녀의 가족을 뚫어져라 쳐다보았다.

"이보게 달수. 우리 미노리 예쁘고 건강해 보이지 않은가. 몇 달 전에만 해도 폐렴에 걸려서 우리가 얼마나 걱정을 했는지 모른다네."

용이 할머니의 눈시울이 금세 붉어졌다. 처음부터 마음에 걸렸던 미노리의 마른 몸이 폐렴 때문이라는 것을 알게 된 달수는 조금 전보다 더 가슴 한 구석이 싸했다.

달수는 용이 할머니 품에 안긴 미노리를 향해 손을 뻗었다. 달수의 손짓을 본 미노리는 '까르륵' 웃으며 안기기 위해 손을 아래위로 내저었다. 그 모습이 어찌나 귀여운지 달수는 자신도 모르게 방실방실 웃으며 미노리를 품에 안았다.

"미노리가 한 달 동안 병원에 입원했었거든요. 병원비가 너무 많이 나와서 빚을 져야 했지만 그래도 이제 다 나아서 다행이에요."

달수에게 말하는 안젤라의 눈시울이 금세 붉어졌다.

"폐렴이라면서요. 병원비가 얼마나 나왔기에 빚까지 지나요?"

한달 입원에 빚이라니, 달수는 고개를 갸웃거렸다.

"저희는 이주노동자라서 의료보험 혜택을 못 받거든요. 저희들이 아플 때는 얼마든지 참을 수 있지만 미노리는 아기니까 조금만 아파도 병원에 가야 돼요. 그래서 제 꿈은 의료보험증이 생기는 거예요. 언제라도 미노리가 아프면 달려갈 수 있게 말이에요."

의료보험증이 꿈이라니. 순간 달수는 무슨 말을 해야 좋을지 몰라 말문이 막혔다. 자신은 단 한 번도 의료보험증이 있어서 행복하다고 느낀 적이 없었는데….

달수의 그런 마음을 눈치 챘는지 안젤라가 환하게 웃으며 자리에서 일어났다. 그리고 서랍에서 무언가를 꺼내 달수에게 내 밀었다.

"이게 뭐예요."

"희망 수첩이에요. 한국에 온지 10년 됐는데 그 동안 이루고 싶은 꿈을 하나둘씩 적었어요. 힘들고 지칠 때 희망 수첩을 꺼내보면서 언젠가 꿈을 이룬 제 모습을 상상하면 힘이 불끈불끈 솟거든요."

달수는 손바닥 보다 작지만 안젤라의 오랜 세월의 흔적이 고스란히 담겨 있는 희망 수첩을 조심스럽게 폈다.

대학 등록금을 마련하면 꼭 스리랑카로 돌아가서 교사가 될 것이다.

부모님을 모시고 인디그와 함께 결혼식을 올리고 싶다.

미노리가 건강하게 태어나길….

미노리가 더 이상 아프지 않았으면,

미노리를 위한 의료보험이 생겼으면.

"아, 대학 등록금을 마련하기 위해 한국에 온 거군요. 그럼 교사가 되었나요?"

달수는 안젤라의 희망 수첩을 천천히 살펴본 후에 밝은 목소리로 물어보았다.

"아니요. 한국에 오려면 일정한 금액을 스리랑카에 지불해야 되는데 한국의 월급이 너무 적어서 4년 가까이 그 빚을 갚아야했어요. 그러면서 고향 집에 조금씩 돈을 보내다보니 돈이 쉽게 모아지지 않더라고요. 조금 전에도 말했듯이 의료보험이 없기 때문에 한 번 아프면 한 달 동안 겨우겨우 모아둔 돈이 한 번에 없어지거든요."

안젤라의 눈가가 촉촉이 젖어들었다. 그 모습을 보자 달수도 코끝이 시큰해졌다.

"그래도 저는 행복해요. 한국에서 좋은 분들만 만났거든요. 우리 어머니랑, 남편 인디그 그리고 자밀 삼촌은 물론 세상에서 제일 예쁜 미노리까지 생겼으니까요."

안젤라가 환한 미소를 짓고 고개를 좌우로 돌리며 소중한 사람들에게 따뜻한 눈빛을 보냈다. 그 모습을 보면서 달수는 자신에게 소중한 사람들이 누구인지 떠올려보았다.

부모님과 아내 그리고 아들 석이. 세상에서 가장 소중한 사람들인데 왜 그들과 이토록 사이가 멀어지게 된 것일까?

"그럼 결혼식에 부모님은 오셨나요?"

달수는 아랫입술을 지그시 깨물면서 다시 한번 조심스럽게 안젤라에게 물었다.

웃어야 할지 울어야 할지 망설이듯 묘한 표정을 짓던 안젤라가 크게 한 번 숨을 내쉬었다.

"아니요. 만일 우리가 스리랑카에 돌아가면 다시 한국에 오는 것이 쉽지 않거든요. 부모님이 오실 수는 더더욱 없고요. 시부모님을 뵙고 꼭 인사드리고 싶은데…. 양쪽 부모님 모두 미노리를 많이 보고 싶어 하지만 그것 역시 우리에게는 쉬운 일이 아니에요."

'나에게는 일상과도 같은 일이 이들 부부에게는 가장 큰 희망이었다니.' 달수는 머릿속이 복잡해졌다. 안젤라 부부의 힘든 생활에 가슴이 아팠고, 그들의 슬픔을 모른 체 하는 사회가 원망스러웠고, 그들보다 더 많은 것을 누리면서 불행하다고 징징거렸던 자신이 부끄러웠다.

"달수. 내가 자네를 이곳으로 데리고 온 것은, 자네보다 못한 환경에 있는 사람을 보고 위안을 가지라는 뜻이 아니야. 감히 누가 누구를 보고 자신이 더 행복하다 불행하다 판단할 수 있겠어."

달수는 용이 할머니가 자신의 속마음을 꿰뚫어 본 것 같아 깜짝 놀랐다.

"자신만의 주관적인 잣대로 상대방을 동정하고 또 동경하는 것은 위험해. 왜냐면 행복이란 지극히 주관적인 것이기 때문에 눈에 보이는 것만으로 쉽게 판단할 수 없거든. 자네가 보기에 안젤라와 인디그가 불행해 보이는가?"

"솔직히 불행해 보이지는 않네요. 하지만 안타깝고 또 안쓰러워 보여요."

"그래. 맞아. 나도 내 아이들의 힘든 사정을 들으면 가슴이 아프네. 착하고 성실한 이 아이들이 피부색이 다르다는 이유로 부당한 대우를 받는 건 더더욱 참을 수 없고 말이야. 어머니로서 당연한 거겠지. 하지만 안젤라와 인디그, 그리고 자밀은 언제나 밝게 살아가고 있다네. 그 이유가 뭔지 아나? 바로 희망이 있기 때문이야.

어떤 좌절 앞에서도 다시 일어설 수 있는 희망 말일세."

"희망이요?"

달수는 용이 할머니의 말을 이해할 수 없었다. 안젤라의 희망 수첩에 적힌 희망들은 하나도 이루어지지 않았는데 이들의 삶에 무슨 희망이 있다는 말인가.

"희망은 어두운 현실에서도 한 줄기 빛처럼 우리에게 살아갈 힘을 주는 것일세. 물론 안젤라의 희망은 번번이 이루어지지 않았어. 그럼에도 안젤라는 늘 희망을 버리지 않는다네.

왜냐하면 희망을 갖고 있으면 반드시 더 좋은 날이 올 테니까. 만일 안젤라가 희망이 깨어질 때마다 좌절했다면 필시 인디그와 사랑할 수 없었을 테고, 소중한 미노리를 만날 수는 더더욱 없었겠지."

용이 할머니의 말을 들으면서 달수는 뭔지 모를 깨달음을 느끼기 시작했다.

이른 새벽부터 늦은 밤까지 성실히 일했지만 어김없이 찾아오는 좌절의 순간에도 희망이라는 끈을 놓지 않았기에 안젤라는 오늘의 행복을 누릴 수 있는 것이다.

잠시나마 안젤라를 동정했던 자신이 부끄러웠다. 의료보험증은 있지만, 출입국 사무소 직원들에게 쫓기며 도망 다니지는 않지만 안젤라보다 자신이 더 가난한 마음을 가지고 살았다는 사실을 알게 된 것이다.

"할머니 말씀이 맞는 것 같네요. 언젠가부터 저는 희망이라는 단어 자체를 잊어버리고 살았어요. 그리고 모든 일을 절망적으로 바라봤어요. 정말 전 한심한 인간이었어요. 이제 보니 할머니는 훌륭한 어머니네요. 이렇게 훌륭한 아들딸들을 두고 계시니."

달수는 한심한 자신이 부끄러워 눈물이 흘러내렸다. 바닥을

엉금엉금 기어 다니던 미노리가 손을 뻗어 달수의 얼굴을 꼬집었다. 눈물을 닦아주려던 행동이었는지, 무심한 아이들의 장난이었는지는 모르지만 그 모습에 달수는 또 다시 눈물이 흘렀다.

"이번만큼은 안젤라 씨의 희망이 꼭 이루어졌으면 좋겠어요. 이주노동자도 엄연히 우리의 이웃인데 그동안 너무 무심했던 것 같아요. 아이들만이라도 건강하게 자랄 수 있도록 의료보험이 되면 좋을 텐데. 꼭 만들어질 거란 희망을 갖자고요."

달수가 확신에 찬 표정을 지으며 인형처럼 예쁜 미노리를 품에 안았다.

"자네가 희망을 갖는단 말이지. 이거 내일은 해가 서쪽에서 뜨는 것 아닌가 모르겠네."

용이 할머니가 달수의 어깨를 밀치며 장난스레 농담을 던졌다. 얼굴이 붉어진 달수는 공연히 미노리의 뺨에 자신의 뺨을 비비며 겸연쩍게 웃었다.

"이제 조금은 알 것 같아요. 희망이 없으니 불행한 일주일을 보내게 된다는 것을요. 안젤라 씨는 하나의 희망이 깨지면 또 다른 희망을 품으니까 당연히 행복한 일주일을 보냈던 거잖아요."

달수의 말을 옆에서 조용히 듣고 있던 자밀이 거들었다.

"저도 한국에 처음 와서 너무 힘들었어요. 우리도 한국 사람들처럼 똑같이 느끼고 생각하는데, 때리면 아프고 화나는데 피부색이 다르다는 이유만으로 너무 하는 것 아닌가 하고 말이에요. 하지만 어머니를 만나면서 생각이 조금씩 바뀌기 시작했어요. 마음속에 항상 희망을 간직한다면 힘들어도 웃을 수 있고, 고난 앞에서도 다시 일어설 수 있으니까요. 희망을 갖고 있는 요즘은 늘 행복해요. 물론 가끔은 힘들 때도 있지만요."

어깨를 으쓱거리며 장난스럽게 웃는 자밀의 웃음 속에 희망과 슬픔이 뒤섞여 있었다.

그 모습에 달수는 또 다시 눈시울이 붉어졌다. 동정이 아니라, 그럼에도 이렇게 희망을 갖고 행복해 하는 그들의 모습이 감동적이었기 때문이다.

"언젠가는 우리 미노리도 마음껏 공부하고, 병원도 자유롭게 다니면서 살 수 있는 날이 올 거야. 이 늙은이의 가장 큰 희망이 바로 그것이라네. 그건 그렇고 우리가 수다를 너무 오래 떨었네. 오늘의 주인공은 바로 미노린데 말이야."

아름다운 일주일

용이 할머니가 휴지를 집어서 눈가를 꼭꼭 누르며 말했다.

'우리는 지금 이 순간 모두가 같은 희망을 가슴에 아로 새겼다. 엉금엉금 기어 다니면서 까르륵 웃어대는 아기 천사 미노리에게 행복한 미래와 자유로운 삶이 있을 것이라는 희망을…'

불행과 맞서는 용기

달수는 돌아오는 길에 장미꽃 한 송이를 샀다. 왜냐면 오늘은 희망이 얼마나 중요한 것인지 배웠기 때문이다. 속는 셈치고 따라간 마실이 뜻밖에도 달수를 변화시키고 있었다. 그래서 인지 달수의 가슴속에도 새로운 희망들이 하나둘씩 피어났다.

희망이 생긴 것만으로도 달수는 오늘 하루가 비교적 행복했다고 느꼈다. 용이 할머니와 미노리 가족 덕분이었다. 하지만 아내와 아들 석이가 보고 싶은 마음에 또 다시 울적해졌다.

"언젠가 아내도 예전처럼 착한 아내로 돌아올 거야. 석이도 말썽피우지 않고 공부 잘 하는 착한 아들이 돼 주겠지. 그리고 나를 이해해줄 거야. 그래. 그 희망을 간직하자."

희망을 갖자 정말로 아내와 석이가 자신을 모두 이해하고 돌아와 줄 것만 같았다. 신기한 일이었다. 상황은 똑같은데 마음을 어떻게 먹느냐에 따라 불행하기도 하고 행복하기도 하니 말이다.

'신세한탄을 해봤자 달라지는 것은 아무것도 없어. 하지만 희망을 갖고 그 희망들을 이루기 위해 노력하면 내 인생도 달라질 수 있을 거야. 그러면 행복한 날들도 오겠지. 그래, 고달수. 힘내자.'

행복해질 수 있다는 확신이 들기 시작하자 예전에 없던 자신감까지 생기는 것 같았다. 달수는 조금 전에 장미꽃과 함께 산 작은 수첩을 꺼냈다. 석이의 책상이 까맣게 타버리는 바람에 방바닥에 누워 수첩의 맨 앞장을 폈다. 그리고 이렇게 적었다.

고달수의 희망 수첩
· 희망을 갖는다면 그 순간부터 행복해질 수 있다.
· 땀 흘리며 일 할 수 있는 직장을 찾는다.

"그래, 아내가 돌아오기 전에 회사에 다시 취직을 해야겠어. 내일은 아침 일찍 용이 할머니를 만나서 행복해지는 비밀을 듣고, 오후에는 직장을 찾아봐야지."

희망을 갖는 순간 그 모든 것들이 이루어진 것 같은 기분이 들었다. 저절로 입가에 미소가 생겼다. 희망이 없던 시절에는 모든 것이 불행하게 느껴졌는데 신기할 뿐이었다.

"이번 한 주는 행복한 일만 가득생길거야."

기분이 좋아진 달수는 문득 아내와 석이를 위해 집단장을 해야겠다는 생각이 들었다.

갑자기 집에 왔을 때 새까맣게 탄 집을 보면 실망하게 될지도 모르기 때문이었다. 주머니를 뒤져보니 그럭저럭 벽지를 살만큼의 돈이 들어 있었다. 달수는 한 걸음에 달려가 벽지와 풀을 만들 재료를 사왔다. 풀을 만들기 위해 용이 할머니가 빌려 준 가스버너에 불을 붙였다. 불을 보자 뜨거운 불길에서 허우적거리며 죽을 뻔했던 기억이 떠올라 등골이 오싹했다. 콧구멍 속으로 매캐한 연기냄새가 나는 것 같았다. 달수는 있지도 않은 연기를 없애기 위해 두 손을 허우적거리며 헛기침을 해댔다. 그날은 죽게 내버려 두지 않은 용이 할머니가 원망스러웠는데, 지금은 이렇게 살아있다는 사실에 감사하다니. 달수는 뜻 모를 웃음이 나왔다.

"그래. 지금까지 불행했던 삶은 더 이상 나의 삶이 아니었어. 이제 난 행복한 하루하루를 살기 위해 다시 태어난 거야."

달수의 큰 목소리가 메아리가 되어 다시 달수의 귓가에 들려왔다. 달수는 누군가가 자신을 위로해주는 것 같은 착각이 들었다.

두 어깨 위로 가득 힘이 들어가자 뜨거운 불도 더 이상 달수를 위협하지 않았다.

팔이 욱신거릴 때까지 게운 풀이 식을 동안 달수는 용이 할머니 집으로 달려갔다.

"할머니 벽지를 바르려고 하는데, 천장 바를 때 쓰게 의자 좀 빌려주세요."

벽지를 바른다는 말에 용이 할머니가 눈을 동그랗게 뜨고 손뼉을 쳤다.

"잘 됐네. 며칠 전에 저 아래에 있는 지물포 윤 사장이 이사를 간다면서 장판을 좀 주었거든. 넓은 건 아니지만 여러 장을 줬으니까 조각조각 이어붙이면 나름대로 괜찮을 걸세. 모양도 아주 예쁘거든."

용이 할머니가 신바람이 나서 마당 한 편에 세워놓은 장판

47

을 가리켰다. 팔고 남은 짜투리 조각들이었지만 생각보다는 넓었다. 끝을 반듯하게 잘라서 덧대놓으면 크게 무리가 없을 것 같았다. 달수는 기분이 좋았지만 한 편으로는 용이 할머니에게 미안한 마음이 들었다.

"할머니도 필요하실 텐데, 괜찮으세요?"

"집에 낙서하는 꼬마가 없어서 그런지 우리 집 바닥은 아직도 새 것처럼 멀쩡해."

할머니가 즐거운 듯 싱글벙글 웃었다. 문득 달수는 자신의 것을 나눠주면서도 받는 사람보다 더 즐거워하는 이유가 무엇일까 궁금해졌다. 행복해지는 비밀을 알고 있어서 일까? 달수는 그 이유를 물으려다가 그만두었다. 일주일 동안 행복해지는 비밀을 배우고 나면 저절로 알게 될 것 같았기 때문이다.

용이 할머니에게 의자와 장판을 받은 달수는 어깨가 저절로 둥실거렸다.

집에 돌아와 곱게 벽지를 바르고 장판을 조각조각 이어 붙였다. 깔끔하게 새것으로 깐 바닥도 좋았겠지만 콜라쥬처럼 조각조각 이어 붙인 장판도 의외로 멋이 있었다.

"이러고 있으니까 내가 예술가가 된 것 같은데. 희망이 생기니까 갑자기 할 일이 많아지는 것 같아. 무료하게 앉아서 신세한탄을 하는 것보다 훨씬 기분이 좋은 걸."

새벽동이 떠오를 때까지 일을 하다보니 허리도 아프고 눈도 침침했지만 오래간만에 즐겁다는 느낌이 들었다. 힘들 때마다 불평불만을 늘어놓았는데 이렇게 웃고 있다니, 달수는 그저 자신의 변화가 신기하기만 했다.

"난 불행한 사람이 아니었어. 그랬다면 용이 할머니를 만나지 못했겠지. 지금도 탄내 나는 방안에서 세상을 원망하고 있을 거야."

달수는 콧노래까지 부르면서 도배를 했다. 새까맣던 집이 점점 새하얗게 변해갔다.

아내와 석이가 돌아와서 좋아할 모습을 생각하니 더 힘이 솟는 것 같았다.

"직장을 찾으면 제일먼저 우리 석이 책상부터 사줘야지."

희망의 소중함을 깨달은 달수는 즐겁게 흥얼거렸다.

눈처럼 깨끗한 벽지와 예술작품처럼 알록달록한 바닥 옆에서 빨간 장미가 한 송이가 피고 있었다.

03
—

구슬땀 안에 깃든 성공
성실

손때 묻은 장갑

화요일 아침, 달수는 조금 밝아진 표정으로 용이 할머니의 방문을 가볍게 두들겼다.

두어 번 문을 두드렸지만 할머니의 방에서는 아무런 인기척이 들려오지 않았다. 손목시계를 보니 7시 45분이었다. 밤새도록 벽지를 바르고 새벽녘에 잠자리에 들었는데 의외로 눈이 일찍 떠졌다.

"할머니가 오랜만에 늦잠을 주무시는군. 조금 있다 다시 와야겠어."

작은 목소리로 혼잣말을 한 후, 대문을 나서려는데 저 멀리서 할머니의 모습이 흐릿하게 보였다. 할머니는 달팽이처럼 뒤에 폐지를 가득 싣고 가파른 언덕을 힘겹게 올라오고 있었다. 달수는 한 걸음에 달려가서 할머니의 리어카를 뒤에서 밀었다.

"도대체 몇 시에 일어나셨기에 이 시간에 폐지를 이렇게 많이 주었어요?"

리어카 위로 산처럼 쌓인 폐지를 보자, 새벽부터 고생했을 할머니의 모습이 떠올랐다. 아무리 용이 할머니가 행복해지는 비밀을 알고 있다고 해도 불쌍해 보이는 것은 어쩔 수 없었다.

"새벽부터 어찌나 운이 좋은지 가는 곳마다 폐지를 한 가득씩 선물해주는 거야. 덕분에 지금 기분이 하늘을 날아갈 것처럼 좋다네."

소녀처럼 들뜬 목소리로 좋아하는 용이 할머니를 이해할 수 없었던 달수는 고개를 갸웃거렸다.

'좋을 일도 많다. 설마 행복해지는 비밀이란 걸 알게 되면 바보처럼 저런 상황에서도 싱글벙글 웃게 되는 건 아니겠지. 그렇담 나는 더 이상 행복해지는 비밀 따윈 알고 싶지 않아. 그건 괴로운 일도 좋은 일이라고 생각하면서 스스로를 위로하는 것뿐이지, 달라지는 것은 아무것도 없거든.'

"자네 또 무슨 나쁜 생각을 하기에 입이 그렇게 삐죽거리는 건가?"

"도무지 할머니를 이해할 수가 없어요. 새벽부터 폐지를 줍는 게 뭐가 그리 좋으세요."

"폐지를 줍지 않아도 될 만큼 돈이 많았다면 더 행복했을지도 모르지. 하지만 자네도 알다시피 나는 폐지를 주어야 생활할 수 있다네. 그렇다면 내 상황에서 가장 행복한 순간이 언제이겠나. 당연히 폐지를 많이 주었을 때 아니겠어."

"그렇지만 그건 행복해지는 비밀이 아니라 스스로를 위로하는 것뿐이잖아요."

달수도 지지 않고 용이 할머니의 말을 반박했다.

"스스로를 학대해서 좋을 게 뭐가 있어. 그건 스스로를 불행하게 만드는 것뿐이지 않은가."

달수는 용이 할머니의 말에 이렇다할 반박을 할 수 없었지만 여전히 할머니의 생각이 틀렸다고 생각했다. 달수의 얼굴이 붉으락푸르락 변했다.

그러나 용이 할머니는 여전히 부드러운 미소를 지으며 달수를 바라보았다.

"행복해지는 비밀은 옆에서 아무리 말해줘도 자신이 직접

아름다운 일주일

깨닫지 못하면 이해할 수 없는 것이야. 그러니 너무 조급해하지 말고 천천히 하나씩 깨닫도록 하세."

용이 할머니의 말을 듣자 마음이 조금 누그러진 달수는 그제야 미간에 잡힌 주름을 폈다.

그리고 어제 저녁에 장미꽃 한 송이를 샀던 것을 기억해냈다.

"참, 어제 집에 돌아가는 길에 장미 꽃 한 송이를 샀어요. 행복한 하루를 보냈다고 생각하니 장미꽃을 보고만 있어도 기분이 좋아지던데요. 그리고 희망 수첩도 만들었어요."

"희망 수첩을 만들었다고? 듣던 중 반가운 소리네. 일단 일을 끝내고 간단하게 아침부터 먹자고."

용이 할머니는 리어카를 세우고 폐지를 종류별로 분류했다. 달수는 물끄러미 할머니의 모습을 지켜보면서 다시금 긴 한숨을 내셨다.

폐지 정리가 끝난 후 방에 들어온 달수는 자랑스럽게 희망 수첩을 꺼내 용이 할머니에게 건네주었다.

희망을 갖는다면 그 순간부터 행복해질 수 있다.
땀 흘리며 일 할 수 있는 직장을 찾는다.

달수의 희망 수첩을 몇 번이나 반복해서 읽은 용이 할머니는 무릎을 치며 기뻐했다.

"그래, 월요일엔 희망이 얼마나 중요한 것인지 알았으니까, 오늘은 새로운 직장을 찾아보자고. 하지만 그 전에 자네는 게으른 그 성격부터 고쳐야 돼. 그러면 새벽녘에 내가 기분이 좋아졌던 이유를 알게 될 걸세."

"게으른 게 아니라 몸이 너무 피곤했던 거예요."

달수는 핀잔을 주는 용이 할머니를 향해 입을 씰룩거리며 중얼거렸다.

"자네가 알고 있는지 모르겠지만 동네 사람들은 자네가 운전하는 208번 버스를 되도록 안타려고 한다네."

"왜요? 사장님이 소리 지르는 것도 못 참겠는데 동네 사람들까지 나를 모함하다니 억울해요. 도대체 왜 다들 나만 가지고 그래요."

용이 할머니의 말에 화가 난 달수의 얼굴이 홍당무처럼 새빨갛게 변했다. 달수는 억울하다는 듯 주먹으로 가슴을 두어 번 가볍게 쳤다.

"나도 자네가 운전하는 버스를 몇 번 탔는데 어찌나 운전을 거칠게 하던지 몇 번이나 넘어졌어. 어디 그뿐인가? 항상 무서운 얼굴로 손님들을 노려보니 도무지 불안해서 말이야.

그게 다 게으른 성격 때문에 비롯된 것이라네. 편히 놀고 싶은데 운전대를 잡고 있으니 스스로도 얼마나 화가 났겠는가."

그제야 달수는 부끄러움에 얼굴이 새빨갛게 변했다.

"제가 그랬다구요? 저는 그냥…. 아니, 할머니 말씀이 맞는 것도 같아요. 그나저나 제 버스에서 넘어졌다니 정말 죄송해요."

달수는 이제야 자신이 해고를 당한 이유가 무엇인지 어렴풋이 알 것 같았다.

'그랬구나. 나는 버스 운전기사로 자격이 없었던 거야.'

"이보게 달수. 왜 또 죽을상을 하는 건가. 이제부터 그러지 않으면 될 것 아닌가."

"그렇지만 이미 해고당했는걸요. 열심히 하고 싶어도 일을 할 직장이 없잖아요."

"또 절망적인 생각을 하는 군. 직장을 찾을 수 있다는 희망을 갖아야지. 희망을 놓는 순간부터 자네는 다시 최악의 날들을 보내야 한다는 것을 잊었나?"

용이 할머니가 무섭게 호통을 쳤다.

"아하. 그렇군요. 제가 희망을 또 잊어버렸어요."

"그래. 바로 그거야. 직장을 찾기 전에 자네에게 오늘도 행복을 찾아주는 특별한 비밀을 가르쳐줄테니 어서 일어나게."

용이 할머니는 달수를 데리고 예지동에 있는 시계골목으로 들어갔다. 바람만 세게 불어도 쓰러질 것처럼 위태로워 보이는 건물 안으로 들어가자 좁다란 나선형 계단이 나왔다. 한 사람만이 겨우 올라갈 수 있는 좁은 계단을 빙글빙글 돌자 낡은 나무문짝이 벌집처럼 다닥다닥 붙어 있었다. 어딘가에 숨어 있는 화장실에서 찌릿한 냄새가 스며 올라와 건물 전체가 지저분하게 느껴진 달수는 다시금 미간을 찌푸리며 앞으로 걸어가는 용이 할머니를 째려보았다.

"이제부터 만날 사람이 자네에게 신비로운 비밀을 가르쳐줄 거야."

용이 할머니는 달수의 심술궂은 표정에는 무관심한 채 제일 끝에 있는 나무문을 조심스럽게 열고 안으로 들어갔다.

"이보게 규철이. 많이 바쁜가?"

용이 할머니의 우렁찬 목소리에 고개를 숙이고 반지를 만들던 중년의 남자가 자리에서 벌떡 일어났다. 나이는 사십대 중반 같았지만 고생을 많이 했는지 얼굴 위로 굵은 주름이 깊게

패여 있었다. 하지만 주름 때문인지 인상은 부드러워 보였다. 눈 꼬리에 깊게 그려진 주름은 그의 표정을 한층 더 풍부하게 만들어주었다.

"그렇지 않아도 요즘 할머니가 많이 보고 싶었는데 이렇게 찾아와 주시네요."

남자가 한 걸음에 달려와 용이 할머니의 어깨를 두 손으로 살며시 안았다.

"허허. 늙은이를 이렇게 반겨주니 내가 더 고맙지. 오늘은 자네에게 소개시켜주고 싶은 친구가 있어서 왔다네. 자, 인사 하게 여기는 규철이, 여기는 달수."

"안녕하세요. 고달수라고 합니다."

달수는 가볍게 고개를 숙이고 손을 앞으로 내밀었다. 규철 도 악수를 하기 위해 손때 묻은 새까만 장갑을 손에서 뺐다. 장갑을 뺐지만 여전히 규철의 손은 시커먼 먼지를 뒤집어쓰고 있었다. 규철도 지저분한 손이 머쓱했던지 바지 단에 손을 비 볐다.

"작업을 했더니 손이 너무 지저분해서…."

달수는 상대방을 생각해주는 규철의 자상함에 마음이 끌렸 다. 비록 비좁은 공장과 새까만 규철의 손마디가 지저분하게

느껴졌지만 개의치 않고 그의 손을 잡았다. 손바닥 밑으로 굳은살이 단단히 박인 규철의 거친 손마디가 느껴졌다. 악수가 끝나자 규철은 조금 전에 끼고 있던 때 묻은 손 장갑을 다시 양손에 꼈다.

"예전에 작업하다가 손가락 한 마디가 잘렸어요. 처음에는 조심하기 위해 장갑을 꼈는데 언젠가부터 습관이 되어 장갑을 벗으면 허전해요."

"아. 그렇군요. 많이 아팠겠어요."

손마디가 잘렸다는 말에 달수는 얼굴을 찡그리며 규철을 걱정했다.

"제가 보석 세공을 하는데 손마디가 잘리고 나니깐 정교한 작업을 하는데 여간 불편한 게 아니었어요. 손에 힘도 안 들어가고 말이에요. 그래도 저를 믿고 물건을 주문한 사람들이 있으니 죽기 살기로 했어요. 그러다 보니 어느 순간부터 이 손가락에 익숙해졌어요."

아픈 상처를 말하면서 즐거운 추억을 더듬듯 밝게 웃는 규철의 모습이 달수를 당황하게 만들었다. 자신 같았으면 당장 회사에 휴가를 신청하고, 일에 넌덜머리를 냈을 텐데.

"그런 일을 겪으면 이 일이 싫어지지 않나요?"

"설마요? 제가 조심하지 않아서 생긴 사고였는데요. 그리고 세공 기술을 배우기 위해 얼마나 오랫동안 노력했는데 그런 일로 그만 둘 수는 없죠."

규철은 작은 공장이 떠나가도록 호탕하게 웃었다.

"열세 살 때 초등학교를 졸업하고 처음으로 세공 공장에 들어왔어요. 기술도 없고 나이도 어렸으니까 선배들 잔심부름을 하면서 어깨 너머로 기술을 배워야 했어요."

옛 생각에 잠긴 규철의 눈가가 먼 곳을 바라보는 것처럼 아스라해졌다.

"고향이 시골이라서 공장에서 먹고 잤는데, 아침 7시에 일어나서 공장을 청소하고 공구를 정리하면 선배들이 출근을 시작했거든요. 그리고 저녁 9시가 넘으면 선배들이 하나둘씩 퇴근을 해요. 그때부터 제 세상이 오는 거죠. 낮 동안 어깨 너머로 배운 기술들을 밤에 혼자서 연습할 수가 있으니까요. 조금씩 실력이 늘수록 얼마나 기쁘던지. 그러니 월급이 적어도 즐겁게 일할 수가 있었죠. 힘들게 익힌 기술인데 그까짓 사고쯤으로 포기할 수는 없죠."

규철의 이야기를 듣는 내내 달수는 용이 할머니의 모습을 떠올렸다.

도대체 이 사람들은 어떤 생각을 하고 살기에 힘든 와중에도 웃을 수 있을까? 그들에게는 있고 자신에게는 없는 것이 무엇일까?

　"그렇게 시간이 흘러 서른여덟 살이 되던 해에 처음으로 제 공장을 갖게 됐어요. 얼마나 행복했는지 밥을 안 먹어도 배가 불렀어요."

　그 시절이 기억났는지 규철의 목소리가 흥분으로 가득 찼다.

　"그런데 문제가 생겼어요. 밤사이에 도둑이 들어서 금붙이를 몽땅 가지고 달아난 거예요. 그때를 생각하면 지금도 하늘이 무너지는 것 같아요."

　"세상에 말도 안돼. 하늘도 무심하시지 그렇게 고생을 했는데 너무하는군요."

　달수는 마치 자신이 도둑을 맞은 것처럼 분해서 이를 씩씩 갈았다.

　"작업하던 금을 모두 도둑맞아서 제가 다 물어줘야 했어요. 어쨌든 제 실수로 다른 사람의 것을 잃어버렸으니까요. 그때부터 하루에 2~3시간씩 자면서 오로지 일에 매달렸어요. 그렇게 3년이 지나니까 빚도 다 갚을 수 있었고, 공장도 제법 자리를 잡을 수 있었죠."

달수는 규철의 말을 들으면서 자신이 만일 그런 상황에 놓였다면 어떻게 했을까 잠시 고민해보았다. 아마 지지리도 복 없는 자신을 원망하고 매일같이 술로 하루를 보냈을 것이다.

부모님을 원망하고, 아내와 헤어지고, 아이마저 잃어버리게 되었을 것이다. 그러고 보니 달수는 지금 자신의 상황을 이야기하고 있었다. 규철이 겪었던 끔찍한 불행에 비하면 훌훌 털어버리고 이겨낼 수 있는 일이었는데도 말이다. 왜 자신과 규철이 이토록 다른 것일까?

"그런 일을 겪었는데 불행하다고 느끼지 않았나요?"

"속상한 건 당연하죠. 하지만 어쩌겠어요. 시간을 다시 되돌릴 수도 없고 앞으로 주어진 시간동안 더 노력하는 것 밖에 방법이 없잖아요. 문제는 공장이 조금씩 안정되고 있을 때 건물에 불이 났다는 거예요. 밤새 불이 난 것도 모르고 쿨쿨 자고 출근을 했더니 제 공장은 물론이고 건물 전체가 새까맣게 변해서 무너져 있지 뭐예요. 그땐 정말 죽고 싶더군요."

이야기를 듣다보니 달수는 규철이 자신보다 더 불행한 사람이 아닌가 하는 생각이 들었다.

초등학교를 졸업하고 직업 전선에 뛰어들 만큼 지독히 가난했고, 힘들게 쌓은 재산을 두 번씩이나 송두리째 빼앗겼으니 말이다. 불행이 그림자처럼 규철을 따라다니는 것 같았다.

달수는 그럼에도 싱글벙글 웃는 규철이 어딘가 부족한 사람일지도 모른다는 의심이 들기 시작했다.

"불이 난 후에는 지난번 보다 더 부지런히 일했어요. 새벽 5시면 일을 시작했고, 밤늦도록 야근을 했어요. 집에 왔다 갔다하는 시간이 아까워서 공장에서 새우잠을 자는 날이 더 많았거든요. 다행이었던 것은 그 모든 것을 아내가 이해해줬다는 거예요. 그녀가 없었다면 그 시간들을 이겨내지 못했겠죠."

달수는 늘 잔소리만 하는 아내의 짜증 섞인 얼굴이 떠올랐다. 그녀가 규철의 아내처럼 조금만 더 자신을 믿어주었다면 지금처럼 헤어지는 일은 없었을 텐데….

"힘들지 않았나요?"

뻔한 질문 같았지만 달수는 정말 궁금했다. 어쩌다 밤늦도록 야근을 할 때면 자신은 온 몸이 쑤셔서 견딜 수가 없었기 때문이다.

"하하하. 세상에 힘들게 일하는데 피곤하지 않은 사람이 어디 있겠어요. 솔직히 달수 씨에게만 말하는 거지만, 매일 밤마다 온 몸이 아파서 눈물이 줄줄 흘렀답니다. 그래도 일을 할 수 있다는 것에 감사하고 매일매일 최선을 다하면 행복했어요. 불편하게 새우잠을 잤지만 그날 완성한 반지와 목걸이를 머릿속에서 떠올려보면 저절로 미소가 지어지거든요."

"나도 매일 아침마다 폐지를 주울 수 있다는 게 행복하다네."

옆에서 조용히 듣고 있던 용이 할머니가 규철의 말에 맞장구를 쳤다.

"그러니까요. 그게 왜 행복하냐는 말이에요. 돈이 더 많았다면 폐지를 줍지 않아도 되고 규철 씨도 어린 나이에 생활전선에 뛰어들었다가 손가락이 잘리고 도둑을 맞을 리도 없었었잖아요."

속이 터진 달수가 목청을 높여 크게 소리쳤다.

"달수 씨 말이 맞아요. 돈이 더 많았다면 그런 고생을 하지 않았겠죠. 하지만 안타깝게도 저는 돈이 많지도 않았고, 많이 배우지도 못했어요. 그렇다고 불평불만만 늘어놓으면 제 삶은 한발자국도 앞으로 나갈 수 없었겠죠. 불평불만을 늘어놓는 대신 열심히 일한 덕분에 지금은 어엿한 사장님 소리도 듣고 있잖아요."

"그렇지. 만일 규철이가 가난한 삶을 비관하면서 하늘에서 돈벼락이 떨어지기만을 기다렸다면 지금쯤 어떤 인생을 살고 있겠는가. 나 또한 마찬가지야. 폐지 줍는 것을 부끄럽게 여기고 한숨만 내셨다면 이렇게 친구를 만나러 먼 길을 나올 수도 없었을 거야."

달수는 그제야 두 사람의 말을 조금은 이해할 수 있을 것 같았다. 하지만 마음속에는 여전히 꺼림칙한 부분이 남아 있었다.

"알 것도 같고 모를 것도 같네요. 하지만 확실한 건 도둑을 안 맞고, 불이 나지 않았다면 그렇게까지 고생할 필요는 없었을 텐데. 저 같았으면 화가 머리끝까지 날 것 같은데, 어떻게 행복하다는 생각을 하죠."

"되돌릴 수 없는 일 때문에 속상해 하는 것만큼 어리석은 것은 없죠. 울고 화내고 소리칠 시간에, 주어진 일을 성실히 한다면 생각했던 것보다 훨씬 빨리 잃어버렸던 것을 다시 되찾을 수 있어요."

순간적으로 달수는 무언가에 심하게 머리를 맞은 것 같은 기분이 들었다.

'신세를 한탄하고 불평불만을 늘어놓는 대신 성실히 일한다면 빠른 시간에 잃어버린 것을 되찾을 수 있다.'

"사실 지난 월요일에 해고를 당했어요. 하늘이 무너지는 것처럼 속이 상했는데 규철 씨 말을 듣고 보니 조금 용기가 생기네요. 화내고 울 시간이 있다면 회사에 가서 사장님께 잘못을 빌고 다시 만회할 시간을 달라고 말씀드려봐야겠어요. 솔직히 버스를 운전하면서도 저는 제 직업에 만족하지 못했거든요. 그러다 보니 자연스럽게 게으름을 피우고 불평불만을 늘어놓았어요. 처음에 버스 운전대를 잡았을 때는 세상의 모든 도로가 내 것 같았는데 어느 새 그 마음을 모두 잊어버린 거예요. 바보 같죠. 정말."

문득 버스 운전대를 처음 잡았을 때 기뻐했던 순간들이 떠올랐다. 언제부터 그 마음을 잊어버리고 불평불만만 늘어놓는 한심한 인간이 되었을까? 용이 할머니를 만나지 않았다면 아마 아직도 자신의 잘못을 깨닫지 못하고 불행한 나날을 보내야 했을 것이다.

"이보게, 달수. 이제 조금 알겠나? 행복해지려면 주어진 일에 최선을 다해야 하네. 그리고 스스로 자신의 일이 가치 없다고 느끼면 그 순간부터 자네가 하는 일은 진짜 형편없는 일이 되는 거야. 전에도 말했듯이 자네는 소중한 존재야. 그러니 자네가 하는 일 역시 세상에서 가장 소중한 일 아니겠나."

규철의 말에 연신 고개를 끄덕이던 용이 할머니가 달수를 향해 천천히 입을 열었다.

아름다운 일주일

"변하지 않는 환경을 탓하기보다는 그 상황을 변화시키기 위해 노력하는 게 현명한 사람 아닐까요? 당연히 그쪽이 더 행복해질 수 있는 거죠."

미간에 잡힌 주름이 서서히 옅어지고 있는 달수를 보며 규철이 흐뭇하게 웃었다.

"그렇군요. 즐거운 마음으로 버스 운전을 했다면 하루 종일 기분이 좋았겠죠. 당연히 불평불만도 늘어놓지 않았을 테고 해고당하는 일은 더더욱 없었겠죠. 언제부터인지 모르겠지만 게으름을 피우다 보니 사장님에게 꾸지람을 듣게 되고, 점점 더 일이 싫어졌어요. 자연히 하루하루가 불행했어요. 그 불행은 바로 제 자신이 만들었던 것 같네요."

회사에서 쫓겨난 일을 떠올리자 달수의 표정이 다시금 어두워졌다.

"달수 씨, 앞으로 안 그러면 될 것을 왜 자책을 하십니까. 지난 잘못들은 달수 씨가 행복해지는데 약이 되어줄 거예요."

규철의 손때 묻은 장갑이 달수의 어깨를 토닥거렸다. 달수는 성실히 일한 탓에 까맣게 손때가 묻은 규철의 장갑이 책상 앞에 놓인 그 어떤 보석보다 아름답다는 생각이 들었다.

'자신의 일을 소중히 생각하니까, 성실하지 않을 수가 없겠구나. 성실히 일한다면 난 늘 행복한 하루하루를 보낼 수 있을 거야. 오늘 아침에도 용이 할머니가 불쌍하다고 생각했지만, 그녀는 성실했기 때문에 그 누구보다 행복한 하루를 시작할 수 있었잖아.'

달수는 이제야 그동안 자신이 무엇을 잘못했는지 정확하게 이해할 수 있었다. 그리고 앞으로는 지난 주 월요일처럼 해고를 당하지 않을 자신도 생겼다.

모두가 두 사람의 충고 덕분이었다. 달수는 주머니 속에 넣어두었던 희망 수첩을 꺼냈다.

그리고 이렇게 적었다.

• 지나간 시간을 되돌릴 수는 없지만, 성실히 일한다면 잃어버렸던 소중한 것을 빠른 시간에 되찾을 수 있다.

희망 수첩에 열심히 글을 적고 있는 달수에게 용이 할머니가 다가와 귓가에 대고 나지막이 속삭였다.

"세상 사람들의 발이 되어주는 버스 운전사가 얼마나 훌륭한 직업인가. 밝은 얼굴로 성실히 일하다보면 자네는 늘 행복한 하루하루를 살 수 있을 걸세."

"네. 할머니. 손때 묻은 장갑이 이렇게 아름다울 수도 있다는 것을 처음 알았네요. 저도 이제는 열심히 일하고 싶어졌어요. 규철 씨처럼 주어진 환경을 스스로 변화시키고 싶거든요. 그 안에서 행복을 찾을 수도 있고요."

"하하하. 그래도 운전사가 저처럼 까만 장갑을 끼면 손님들이 싫어할 겁니다."

규철이 한 쪽 눈을 찡긋거리며 가볍게 농담을 건넸다. 그 말에 세 사람은 작은 세공 공장이 떠나가도록 웃었다.

성공의 다른 이름, 성실

달수는 용이 할머니와 헤어지고 자신이 다니던 버스 회사를 찾아갔다. 경리 아가씨가 떨떠름한 표정을 지으며 달수에게 목 인사를 하고 사장님은 외출 중이라고 말해 주었다.

달수는 작은 일에도 경리 아가씨한테 신경질을 부렸던 일들이 기억났다.

사장이 아닌 운전사라는 사실이 마치 경리 아가씨의 잘못이라도 된 듯 말이다. 미안한 마음이 생긴 달수는 경리 아가씨의 눈을 똑바로 쳐다보지도 못하고 쭈뼛거리며 사장실을 나왔다.

그리고 버스 정거장 모퉁이에 있는 벤치에 앉아서 바쁘게 움직이는 옛 동료들의 얼굴을 천천히 살펴보았다. 지난날 자신처럼 승객들의 불만이 끊이지 않았던 박 씨가 오만상을 잔뜩 찡그리고 거칠게 바닥에 침을 뱉고 있었다. 마치 달수는 자신의 모습을 보는 것 같아서 얼굴이 붉어졌다. '나도 늘 저렇게 화를 내고 있었는데. 왜 그랬을까?'

자신과 박 씨의 또 다른 공통점은 게으르다는 것이었다. 출근 시간에 항상 지각을 했고 도로가 막혀 퇴근 시간이 늦어지면 짜증이 나서 견딜 수가 없었다. 반대로 버스 정거장에 버려진 담배꽁초를 줍고 있는 안 씨의 얼굴은 언제나처럼 밝았다. 생각해보니 안 씨는 남들보다 빨리 출근했고 승객들에게도 친절기사로 소문이 나 있었다. 아마도 성실했기 때문일 것이다. 성실하다는 것이 삶 전체를 행복하게 만들어 주는 원동력이 돼 준다니, 자신은 왜 서른이 넘어서까지 그 사실을 깨닫지 못했을까. 뿐만 아니라 성실한 사람은 주어진 환경을 제 힘으로 충분히 변화시킬 수 있다.

저 멀리서 사장님이 바쁘게 들어오는 모습이 보였다. 달수는 재빨리 일어나 사장님 가까이로 다가갔다. 문전박대를 당할까봐 가슴이 조마조마했지만 '좋은 일이 생길거야' 라는 희망을 갖고 용기를 내어 사장님께 말을 건넸다.

"사장님. 그동안 안녕하셨어요."

"어. 이게 누군가. 고달수 아닌가. 자네가 여긴 웬일인가?"

지난주 월요일처럼 사장님은 싸늘한 눈빛으로 달수를 내려다보았다.

"드릴 말씀이 있어서 찾아왔습니다. 잠깐이면 되니깐 시간을 내 주세요."

사장님은 못마땅하다는 듯이 혀를 '쯧쯧' 차고는 무슨 말인지 안다는 표정을 지으며 달수에게 돌아가라고 말했다.

"예전처럼 사장님을 원망하려고 찾아온 게 아니에요. 다시 기회를 주시면 열심히 하겠다는 말씀을 드리고 싶지만, 아니 그것보다 10년 가까이 부족한 저를 거둬주신 것에 대해 감사 인사를 드리고 싶어서요. 그동안 폐만 끼쳐드려서 죄송합니다. 바쁘시면 그만 가볼게요."

달수는 지난주 월요일에 사장님한테 쏘아붙였던 사실이 부끄럽고 후회스러워서 견딜 수가 없었다. 하지만 이렇게나마 사죄를 드려서 다행이라고 생각한 달수는 풀죽은 얼굴을 하고 뒤로 돌아섰다.

"나를 원망하려고 찾아온 줄 알았더니 아니구먼. 잠깐 정도는 시간을 낼 수 있으니 내 방으로 들어오게."

달라진 달수의 모습을 의아하게 생각한 사장님은 몇 초간 생각하더니 구부정하게 걸어가는 달수를 불러 세웠다. 달수는 자신의 진심을 알아준 사장님이 고마워서 눈물이 흐르려고 했다. 마치 고장 난 수도꼭지처럼 지난주부터 달수의 눈에서는 매일 같이 눈물이 쏟아졌다.

"매일 아침 출근할 때마다 지겹다는 생각을 했어요. 저도 사장님처럼 푹신푹신한 의자에 앉아서 편히 지내고 싶었거든요. 그러다 보니 자연스레 게을러졌고, 짜증만 늘었어요. 저만 친절기사 선정에서 번번이 미끄러지다보니 승객들도 미워보였고요. 하지만 그 모든 것이 제 잘못이라는 사실을 깨달았어요. 오히려 그런 저를 10년 가까이 보살펴주셨으니…"

목이 매여서 달수는 더 이상 말을 잇지 못했다.

"지난주에는 날 잡아먹을 듯 으르렁거리더니 하루아침에 변한 이유가 무엇인가?"

사장님이 평소처럼 인자한 눈빛이 되어 달수에게 물었다.

"어떤 할머니를 만났는데 그분께서 제가 무엇을 잘못했는지 가르쳐주었어요."

"오호. 그래? 대체 어떤 할머니였기에 고집불통이던 자네를 이렇게 변화시켰나?"

고집불통이라는 말에 또 한번 부끄러워진 달수는 얼굴이 새빨갛게 변했다.

"내게도 좀 가르쳐주게. 그 할머니가 무엇을 가르쳐주었나?"

사장님의 눈동자가 호기심 때문에 반짝반짝 빛났다.

"매일 한 가지씩 일주일 동안 행복해지는 비밀을 가르쳐주기로 했어요. 오늘이 화요일이니까 두 개밖에 못 배웠지만 제가 조금씩 변하고 있는 것 같아요. 첫 번째가 바로 희망이에요. 희망을 가지면 어떤 어려움 속에서도 늘 행복하게 웃을 수 있거든요. 다음이 성실함이에요. 성실하게 하루를 보내면 아무리 힘들어도 즐겁게 하루를 마감할 수 있거든요. 자연스레 하는 일에 보람도 느끼게 되고, 결국 나쁜 환경에서 시작했다 해도 즐겁게 성공할 수 있는 거죠."

달수는 신이 나서 할머니가 가르쳐준 행복해지는 비밀을 사장님께 들려주었다.

"그렇군. 자네에게도 이제 희망이 생긴 게로군. 그럼 자네의 희망은 무엇인가?"

"가장 큰 희망은 새로운 직장을 찾는 거예요. 그래야 가장으로서 가족들을 보살필 수 있고 또 성실하게 일해서 행복한 하루를 보낼 수 있으니까요."

달수는 언젠가 희망이 이루어졌을 때를 생각하니 기분이 한결 밝아졌다.

"그럼 이제부터는 성실히 일할 수 있다는 뜻인가?"

"네. 누구보다 제 직업에 긍지를 갖고 성실이 일할 거예요. 사실 요 며칠동안은 버스만 보면 화가 났는데 곰곰이 생각해 보니 운전대를 잡고 싶어서 몸이 근질거렸던 거였어요. 그래서 제가 제 직업을 얼마나 사랑하는지 조금은 깨달았어요."

사장님은 참으로 오랜만에 달수의 얼굴에서 미소를 볼 수 있었다. 그 모습이 신기하고 또 기특해서 한 동안 말없이 달수의 얼굴을 뚫어져라 쳐다보았다. 머쓱해진 달수는 혹시 자신이 실수를 한 것이 아닌가, 곰곰이 생각해보았다.

"다시 한번 내가 자네에게 희망을 걸어 봐도 될까?"

신중하게 무언가를 생각하던 사장님이 눈을 가늘게 뜨고 달수를 향해 강한 어조로 물었다.

"네? 제게 희망을 건다면 혹시 다시 기회를 주신다는 뜻 인가요?"

그동안 말썽만 부렸던 자신의 모습을 더듬어보며 달수는 믿을 수 없다는 표정을 지었다.

"성실함의 중요성을 알았으니까 그동안의 잘못을 만회할 기회를 주려는 거야. 그리고 그 할머니가 가르쳐주는 행복해지는 비밀도 듣고 싶구면."

"정말이세요? 정말 저에게 다시 기회를 주시는 거예요? 감사합니다. 열심히 하겠습니다. 정말 고맙습니다. 사장님."

"자네의 희망은 내가 이루어준 게 아니야. 희망이 생긴 덕분에 자네도 모르게 자신감이 생겼고, 난 그 모습에서 희망을 본거라네. 그리고 무엇보다 성실한 게 왜 중요한지 알았으니까 더 이상 게으름을 안 피울 것 아닌가. 내가 바라는 직원은 잘난 사람이 아니라 자신의 일을 사랑하고 매 시간을 성실히 보내는 사람일세. 자네가 그처럼 한다면 굳이 해고를 시킬 필요가 없지 않은가. 그럼 게으름 피우지 말고 지금 당장 가서, 곧 있으면 나갈 208번을 운전하게. 그리고 내가 자네에게 희망을 걸었다는 말도 잊지 말게. 달라진 자네를 보는 것은 내게 또 다른 행복이라는 사실을 말이야."

달수는 자신도 모르게 자리에서 벌떡 일어나 사장님을 덥석 안았다.

"네. 실망시켜 드리지 않도록 열심히 할게요. 그리고 행복해지는 비밀도 사장님께 꼭 전해드릴게요."

04
—

고독과 헤어지는 지혜
감사

천사할아버지의 세상 나들이

　　　　　　달수는 출근길에 책상 위에 놓인 빨간색 장
미 두 송이를 쳐다보았다. 기분이 좋아져서 콧노래가 저절로
나왔다. 출근길에 콧노래를 부르다니, 달수에게 기적이 일어
난 것이다.

　회사에 도착한 달수는 싱글벙글 웃으며 동료들에게 인사를
건넸다. 찡그린 얼굴로 항상 화를 내던 달수가 자신들을 보며
환하게 웃자 동료들은 의아한 눈빛으로 서로를 쳐다보았다.

　하지만 달수의 미소가 진심인 것을 깨닫고는 달수에게 다가
와 복직을 축하해주었다.

아름다운 일주일

달수는 그동안 동료들이 자기를 싫어한다고 생각했는데, 그 이유가 자신의 찡그린 얼굴 때문이라는 사실을 처음으로 알게 되었다.

"허허. 모두들 아침부터 기분이 좋은 모양이야. 자 모두들 모였으니 오늘 하루 계획에 대해 이야기해볼까."

사장님이 웃으며 달수와 직원들 곁으로 걸어왔다. 동그랗게 앉아서 저마다의 계획을 이야기하고 있을 때 박 씨가 어슬렁어슬렁 사무실 문을 열고 안으로 들어왔다.

출근시간보다 30분이나 지난 뒤였다. 늦게 들어온 박 씨는 무엇이 그리 못마땅한지 오만상을 찡그리고 투덜거렸다. 박 씨의 그런 행동은 사장님은 물론 동료들의 눈살까지 찌푸리게 만들었다. 달수는 박 씨를 보면서 '내 모습이 저랬구나. 행복해지는 방법을 모르기 때문에 불행한 거야. 내가 꼭 그 비밀을 가르쳐줘야지'라고 생각했다. 때 마침 달수의 속마음을 읽기라도 한 듯 사장님이 달수의 이름을 불렀다.

"달수. 오늘도 행복해지는 비밀을 배우기 위해 할머니를 만날 건가?"

"그럼요. 하루에 한 가지씩 일주일동안 가르쳐준다고 하셨으니까, 앞으로 다섯 가지를 할머니에게 더 배워야 돼요."

제4장_고독과 헤어지는 지혜.. 감사

"그럼 돌아오는 일요일에는 모든 비밀을 다 배울 수 있겠군."

"네."

기분이 좋아진 달수는 어깨를 활짝 펴고 당당하게 대답했다.

"어제 자네가 가르쳐준 두 가지 비밀 덕분에 나도 기분 좋은 아침을 맞이했다네. 그래서 말인데, 돌아오는 월요일에 그 비밀을 우리 직원들 모두에게 가르쳐주면 어떨까 싶은데."

행복해지는 비밀이라는 말에 직원들이 호기심 가득한 얼굴로 달수의 얼굴을 쳐다보았다.

"물론 좋습니다. 오늘 여러분들도 달라진 저를 보고 많이 놀라셨을 거예요. 그건 바로 행복해지는 비밀을 알게 되었기 때문이에요. 저도 그 비밀을 통해 많은 사람들이 행복해지길 바라거든요."

달수의 말에 모두들 박수를 치며 기뻐했다. 그 사이에서 박 씨만이 콧방귀를 끼며 입을 삐죽거렸다.

달수는 그 모습을 보며 자신에게 이 같은 기회를 준 사장님께 다시 한번 고마움을 느꼈다.

그 마음을 그대로 간직한 채 운전대를 잡아서인지 손님 한 명 한명이 선남선녀로 보였다. 당연히 달수의 얼굴에는 미소가 떠나질 않았다.

"어서오세요. 즐거운 하루 보내세요"라고 인사하는 달수에게 손님들도 밝게 웃어주었다.

즐겁게 하루 일과를 마친 달수는 싱글벙글 웃으며 용이 할머니를 찾아갔다.

'오늘은 또 어떤 것을 가르쳐주실까?' 달수는 자신도 모르게 가슴이 두근거리는 것을 느끼고 깜짝 놀랐다. 불과 며칠 만에 용이 할머니를 진심으로 믿기 시작한 것이다.

"어서 오게나. 그래 오늘 하루도 성실히 일을 했나?"

"그럼요. 그래서 이렇게 즐거운 것 아니겠어요."

달수의 변화에 용이 할머니도 기분이 좋아졌다.

"좋아. 그럼 이제부터 행복해지는 비밀을 배우러 가봄세. 오늘 우리가 갈 곳은 행복창조노인복지센터라네."

노인복지센터라는 말에 달수는 문득 부모님의 모습이 떠올랐다. 성질을 부리고 일주일동안 연락을 하지 않았으니 아마도 많이 속상해하고 계실 것이다. 하지만 여전히 가난한 부모님이 원망스러웠다. 성실히 일하면 주어진 환경을 변화시키면서 행복한 하루를 보낼 수 있다는 사실을 배웠지만 말이다.

달수는 부모님의 생각을 머리에서 떨쳐버리기 위해 고개를 세차게 흔들었다. 그리고 애써 아무렇지 않은 표정을 짓고 용이 할머니와 함께 응암동에 있는 행복창조노인복지센터로 향했다. 복지센터 입구에는 백발이 성성한 할아버지가 열심히 비질을 하고 있었다.

"이보게 부영 할아범. 예나 지금이나 여전하구만."

"이게 누군가. 용이 할멈 아닌가. 반갑구려."

용이 할머니는 오래된 지기를 만난 듯 반갑게 웃으며 할아버지와 악수를 나눴다.

"달수, 인사하게나. 날개만 없지 이 양반이 바로 천사라네. 자네는 오늘 천사한테 행복해지는 비밀을 배우는 거야. 어떤가? 벌써부터 기대되지 않은가."

부영 할아버지에게 인사한 달수는 천사라는 용이 할머니의 말 때문에 눈을 동그랗게 뜨고 할아버지의 얼굴을 천천히 살펴보았다. 그런데 이상하게도 할아버지의 얼굴이 낯이 익었다.

"안녕하세요. 고달수라고 합니다. 그런데 혹시 어디서 뵌 적이 있나요?"

고개를 갸웃거리며 달수가 물었다.

"내가 말했잖아. 이 양반이 바로 천사라고. TV에도 나왔으니 아마 거기서 봤을 게야."

아름다운 일주일

달수는 용이 할머니의 말뜻을 여전히 이해하지 못했다.

"이 양반 오래전부터 봉사활동을 했거든. 그래서 방송에도 여러 번 나왔다네. 화면으로 만날 때마다 어찌나 반갑던지 나도 모르게 '끼악' 하고 소리를 질렀지 뭔가."

용이 할머니가 아이처럼 웃으며 장난스레 농담을 던졌다.

"아, 그리고 보니까 저도 TV에서 뵌 것 같아요. 적십자 병원에서 간병인으로 봉사활동 하시는 것 맞죠?"

달수의 질문에 부영 할아버지가 머리를 긁적거리며 머쓱해 했다.

"별로 한 일도 없는데 쑥스럽다네."

"별일이 아니라니요. 그때 방송보고 깜짝 놀랐어요. 예순이 넘은 할아버지께서 젊은 사람들도 하기 힘든 간병을 하신다니 말이에요."

"큰 딸이 많이 아팠거든. 그래서 아픈 사람의 고통도 잘 알고, 또 간병하는 방법도 남들보다 조금 더 알고 있다네."

딸이 아팠다는 말을 듣고, 달수는 부영 할아버지의 얼굴을 다시 한번 쳐다보았다. 아픈 딸을 간병했다면 많이 지쳤을 법도 한데, 부영 할아버지의 표정은 누구보다 밝아보였다.

"그랬군요. 그럼 이제 따님은 다 나았어요?"

달수의 질문에 부영 할아버지는 아무런 대답도 하지 않았다. 분위기가 가라앉은 것을 느낀 달수는 당황하며 용이 할머니를 쳐다보았다.

"자네 혹시 병원 24시라는 프로그램을 본 적 있나?"

달수는 대답대신 눈짓으로 그렇다고 말했다.

"오래전 일인데 그 프로에 부영 할아범 큰 딸이 나왔다네. 그 제목이 뭐였더라. 맞다. '엄마의 바다' 라고 혹시 기억하는가?"

달수는 용이 할머니의 말을 들으며 기억을 더듬어보았다. '엄마의 바다' 라면 급성 백혈병으로 시한부 인생을 사는 엄마가 어린 딸의 병을 고쳐주기 위해 병마와 싸웠던 이야기 아닌가. 몇날 며칠 자신의 눈물샘을 자극했던 이야기 속에 주인공이 바로 부영 할아버지의 큰 딸이라니, 달수는 머리가 지끈거렸다.

"그 당시 백혈병을 앓게 된 딸아이를 내가 직접 간호했다네. 혼자서 몸을 움직이지 못하다보니 등과 허리 그리고 허벅지까지 곪기 시작했는데, 새벽에 일어나서 한 시간을 꼬박 고름을 닦아주고 출근을 해야 했어. 그때는 아프면서도 아프단 소리 한 번 안하던 딸을 보는 것이 더 가슴 아팠다네."

어느새 부영 할아버지의 눈에서 눈물이 쏟아졌다. 옆에 있던 용이 할머니도 뒤를 돌아 훌쩍거렸다.

"울지 않으려고 해도 딸 생각만 하면 눈물이 주책없이 흘러내려서 말이야. 미안하구먼. 딸 아이 때문에 간병 봉사를 하게 됐는데, 이제는 봉사활동이 내게 살아가는 즐거움이 되었다네."

달수는 비 오듯 땀을 흘리며 정성스럽게 딸을 간호하고 있는 부영 할아버지의 모습을 머릿속으로 그려보았다. 그리고 자신의 부모님을 떠올려보았다.

'부모님의 사랑은 세상에서 가장 위대한 거야. 그런데 난 왜 그 사실을 잊고 살았을까.'

"할아버지 그럼 이곳에서는 어떤 봉사를 하시는 거예요?"

달수는 주름진 얼굴에 백발이 성성한 노인들을 둘러보며 물었다. 부영 할아버지가 이분들보다야 젊지만 그래도 예순을 넘긴 할아버진데….

"청소도 하고, 자전거로 독거노인들에게 밑반찬도 배달해 준다네. 말벗도 해드리고 말이야. 그런데 재미난 것은 그런 일을 하면 내가 더 즐거워진다는 거야."

다시금 밝은 표정으로 돌아온 부영 할아버지는 정말 신이 난 것처럼 즐겁게 말했다.

"그게 무슨 뜻이죠? 힘들게 봉사활동을 하는데 왜 할아버지가 즐거워요?"

달수는 부영 할아버지의 말을 선뜻 이해할 수가 없었다.

"나에게 주어진 일분일초가 소중하다네. 그러니 부모님이 나를 낳아주시고, 사랑으로 올바르게 키워주신 것에 감사해야지. 가난하지만 여전히 날 사랑해주고 믿어주는 아내에게도 감사하고, 아픈 딸아이를 도와준 소방관들에게도 감사해. 그리고 예쁜 손자들을 선물해준 딸에게도 감사하고 말이야. 그리고 내가 느낀 감사의 마음을 봉사활동을 통해 사람들에게 나눠줄 수 있다는 사실도 감사해. 그러니 어찌 행복하지 않겠는가."

달수는 얼굴을 찌푸리며 부영 할아버지의 말을 이해하기 위해 애썼다. 그러나 쉬운 일이 아니었다.

"저는 가난한 집에서 태어난 사실이 늘 원망스러웠어요. 집을 나간 아내도 원망스럽고, 말썽만 피우는 아들 녀석도 미워요. 물론 지금도 마찬가지에요."

달수는 그런 자신이 뭔가 잘못되었다는 생각이 들었지만 그렇다고 마음에도 없는 말을 하며 감사할 수는 없었다.

"요즘은 격일제로 경비를 하고 있다네. 그렇다면 늙어서 일

을 해야 되는 현실을 원망해야 옳은가 아니면 늙은 나에게 일자리를 준 회사와 일을 할 수 있을 만큼 건강한 것에 감사해야 할까?"

부영 할아버지가 인자한 미소로 마치 자식을 타이르듯 부드럽게 물었다.

'감사해야 한다가 정답일 테지만, 그래도 여전히 부자였다면 더 좋았을 것 같은데.'

달수는 차마 대답을 하지 못하고 마음속으로 중얼거렸다.

"행복한 사람은 돈이 많은 사람이 아니라 마음이 넉넉한 사람이야. 제 아무리 많은 것을 가졌다 해도 감사할 줄 모르면 거지처럼 늘 배가 고프고 춥거든. 나는 마음만큼은 그 누구보다 부자라네. 그래서 이웃들에게 나눠주고 싶은 사랑이 너무 많은 거야. 오늘 하루 동안 열 분이 넘는 노인들에게 사랑을 나눠주고 왔으니 부모님이 열 분도 넘고, 또 열 명이 넘는 장애인들을 간병하고 왔으니 아들딸이 열명도 넘는 것 아니겠나? 비록 친 부모님과 딸은 하늘나라에 있지만 그들만큼 오늘 내가 만난 이들이 나를 사랑해주는데 행복하지 않다고 말하면 거짓말일 테지. 자네도 잘 생각해보게. 감사할 일이 얼마나 많은지."

달수는 부영 할아버지의 말을 듣고 곰곰이 감사할 것이 무엇이 있나 떠올려보았다.

그러고 보니 부족한 자신을 다시 받아준 사장님과 행복해지는 비밀을 가르쳐주는 용이 할머니에게 감사했다. 세상이 얼마나 아름다운지 몸소 보여주고 있는 부영 할아버지에게도 마찬가지였다. 천사할아버지의 세상 나들이를 보는 것만으로도 가슴이 따뜻해지니 말이다. 그리고 무엇보다 지금의 자신을 이 세상에 태어나게 해 주신 부모님께 감사하는 마음이 들었다. 그분들이 없었다면 태어날 수도 없었다. 본인보다 자식을 더 사랑했었는데, 달수는 그 사실을 알고 있었으면서도 늘 잊어버린다. 그리고 부모님에게 원망을 늘어놓고 있다. 달수는 또 한번 자신이 어리석고 한심하다고 생각했다.

"지금은 노인 분들에게 우리의 도움이 필요하지만, 예전에는 우리가 그분들의 보살핌을 받았다네. 그 생각을 하면 어찌 그분들에게 도움의 손길을 전하지 않겠나. 그리고 나로 인해 시무룩하던 그분들의 눈동자가 반짝반짝 빛나는 것을 보면 저절로 행복해진다네.

나중에는 나 역시 시무룩했던 눈동자가 누군가의 손길로 인해 반짝반짝 빛나게 되겠지.

감사할 줄만 알면 그런 기적을 내 안에서 만들어낼 수 있다는 이야기일세."

부영 할아버지의 눈동자가 순수한 아기처럼 반짝거렸다. 달수는 문득 부영 할아버지가 진짜 천사가 아닌가 싶어 할아버지의 등을 흘깃거렸다. 비록 눈에는 보이지 않지만 분명 저 등 뒤에는 하얀 날개가 펄럭이고 있을 것 같았다.

행복해지는 비밀은 바로 감사하는 마음을 갖는 것이었다. 부영 할아버지가 딸을 잃는 슬픔 속에서도 딸에게, 세상에게 감사하는 지혜를 가지고 있었기에 지금처럼 행복할 수 있는 것처럼. 반대로 자신은 감사할 줄 몰랐기 때문에 늘 불행했고 또 고독했었다.

누구와도 사랑을 나눌 수 없었고, 나눠줄 수도 없었으니까.

매사에 감사하는 마음을 잊지 않았던 부영 할아버지의 가슴 안에는 마르지 않는 샘처럼 사랑이 넘쳐흐르고 있었다. 문득 고개를 들어보니 행복창조노인복지센터가 작은 낙원처럼 보였다. 그 안에 있는 모든 사람들의 눈동자가 부영 할아버지처럼 반짝반짝 빛나고 있었기 때문이다.

"세상에는 감사할 일이 무척 많다네. 매순간마다 감사하는 마음을 간직한다면 자네는 행복한 하루를 보낼 수 있어. 그러니 당장이라도 부모님께 달려가서 감사의 마음을 전해보게. 지난주처럼 부모님을 속상하게 만들면 자네의 하루는 엉망진창이 되겠지만 반대로 감사의 마음을 전하면 행복한 하루를 보낼 수 있거든."

용이 할머니가 달수의 어깨를 다독이며 부모님 이야기를 꺼냈다.

"할머니 말씀이 맞네요. 생각해보니까 저는 의외로 행복한 사람이었어요. 감사해야 할 일이 많다는 사실을 깨달았거든요."

달수는 감사하는 마음을 갖는다면 행복한 하루하루를 보낼 수 있다는 것을 깨닫기 시작했다. 그는 재빨리 호주머니 안에 넣어두었던 희망 수첩을 꺼냈다.

그리고 이렇게 적었다.

감사하는 마음을 간직한다면 고독하지 않은, 행복한 하루를 보낼 수 있다.

"지금 당장 부모님께 가봐야겠어요. 그리고 저를 낳아주시고 키워주셔서 감사하다고 말해야겠어요. 참. 부영 할아버지께도 감사드려요. 행복해지는 비밀을 가르쳐 주셔서. 천사를 만나게 해주신 용이 할머니께도요. 이상해요. 갑자기 감사하고 싶은 분들이 머릿속에 하나 가득 떠올라요. 왜 지금껏 고마움을 느끼지 못하고 살았을까요."

"그래서 내가 자네에게 하루에 한 가지씩 행복해지는 비밀을 가르쳐주는 것 아닌가.

그 비밀들은 아주 쉬운 것이야. 그런데도 사람들은 깊은 동굴 속에 꼭꼭 숨겨놓은 것처럼 비밀에 대해 까맣게 잊어버려. 동굴 속에 숨긴 사람도 자신인데 말이야.

자네도 어렸을 적에는 희망이 있었을 테고, 성실히 노력하면 반드시 좋은 결과가 온다는 사실도 알고 있었을 거야. 부모님께도 감사했을 테고. 하지만 살아가면서 그 모든 것들을 커다란 자루에 담아서 점점 더 깊은 곳에 숨겨버리는 거야. 자신조차 찾을 수 없도록."

용이 할머니가 눈을 가늘게 뜨고 안타까움이 가득 묻어나는 목소리로 나지막이 말했다.

"바람도 살랑살랑 부는 것이 이제 완연한 가을인가보네. 해마다 반복되는 것이지만 무더운 여름이 가고 가을이 온다는 것이 눈물겹도록 아름답지 않은가? 그 더운 여름을 이겨내고 열매를 맺는 곡식들이 기특하고 말이야. 그리고 보면 세상에는 감사할 일이 참 많은 것 같아."

주변을 물끄러미 바라보던 부영 할아버지가 천사처럼 밝게 웃으며 말했다.

어머니

　　부모님을 원망하던 마음이 감사하는 마음으로 변하자 달수는 지옥에서 천국으로 올라온 것처럼 기분이 좋아졌다. 하지만 그 못지않게 불안한 마음이 들었다.

　　"부모님이 아직도 서운해 하고 계시면 어쩌지? 그런 못된 말을 하다니. 지난주에는 제 정신이 아니었어. 아니야, 되돌릴 수 없는 시간을 후회하는 것은 바보들이나 하는 짓이야. 화가 나 계시다면 가서 용서를 빌어야지."

　　부정적인 생각만 하던 달수가 자신도 모르게 긍정적으로 생각하기 시작했다. 그 사실에 깜짝 놀란 사람은 다름 아닌 달수 자신이었다.

"긍정적인 생각이 사람을 이렇게 즐겁게 만들어주는 구나. 행복해지는 비밀을 알게 된 후부터는 모든 일이 잘 해결될 것만 같아. 깊은 동굴 속에 숨겨둔 비밀 보따리가 조금씩 밖으로 나오나 봐."

부모님 집에 도착한 달수는 조심스럽게 초인종을 눌렀다. 문틈 사이로 어두운 그림자가 짙게 드리워진 어머니의 얼굴이 보였다.

'아! 나 때문에 아직도 속상해하고 계시는구나.' 달수는 가슴이 찢어지는 것처럼 아팠다.

어머니는 달수를 보자 반가움과 노여움이 섞여 얼굴이 붉으락푸르락 변했다.

"어머니, 죄송해요. 제가 어리석었어요."

달수는 눈물을 옷깃으로 닦으면서 어머니를 품에 안았다.

"달수야 왜 그러니? 나쁜 일이라도 생긴 거니?"

눈물을 흘리는 달수를 보자 어머니는 지난주에 있었던 일을 까맣게 잊고 달수 걱정에 얼굴이 새하얗게 변했다.

'이토록 나를 사랑하는데 가난하다고 원망이나 했으니, 나란 녀석은 정말 구제불능이었어.'

"지난주에 말도 안 되는 억지를 부려서 정말 죄송해요. 이렇게 저를 낳아주시고 키워주셨는데…. 이렇게 제 옆에 계시는 것만도 감사드려요."

사업자금을 달라며 고래고래 소리를 지르던 달수가 일주일 사이에 딴 사람처럼 이야기하자 어머니는 순간적으로 당황했지만, 달수의 진심을 느끼고 눈물을 훔쳤다.

"무슨 말이냐. 살림살이가 넉넉하지 못해서 늘 고생만 시켰는데 그렇게 말해주다니 오히려 내가 고맙구나. 어미로서 이보다 더한 기쁨이 어디 있겠니."

감사하다는 말 한 마디에 감동한 어머니를 보며 달수는 또한번 부영이 할아버지한테 고마움을 느꼈다.

'감사하는 마음을 갖는 다는 건 나뿐만 아니라 상대도 행복하게 만들어주는 구나. 며칠 전까지는 세상에 나 혼자 버려진 것 같았는데, 그게 아니었어. 소중한 사람들이, 감사해야 할 사람들이 이렇게 많으니까.'

달수는 마음속으로 이렇게 되내였다. 그리고 복직이 돼서 버스 운전을 할 수 있게 됐다고 말해주었다. 그 말에 어머니는 달수가 마치 대통령이라도 된 것처럼 기뻐했다.

"그래, 내 아들! 정말 훌륭하구나. 나는 예나 지금이나 언제

나 네가 자랑스럽단다. 내 아들로 태어나줘서 항상 고마워하고 있어."

어머니에게 이런 말을 듣다니, 달수는 지금 이 순간 세상에서 가장 행복한 사람이 바로 자신일 것이란 생각이 들었다.

"어렸을 때는 말썽만 피우고, 어른이 돼서도 어리광만 부렸는데 그렇게 말씀해주시다니 감사해요. 앞으로도 어머니가 자랑스러워하는 아들이 되도록 열심히 살게요."

달수와 어머니는 오랜만에 서로가 하나로 연결되었다는 느낌이 들었다. 어머니를 품에 안은 채 달수는 생각했다.

'부모님은 지난주나 지금이나 여전히 가난해. 하지만 지난주에는 부모님을 원망했고, 지금은 감사하고 있어. 이것이야말로 신비한 비밀이 아니고 뭐겠어.

이 비밀만 잊지 않는다면 영원히 나는 매일매일 행복한 하루를 보낼 수 있을 것 같아. 그렇지만 나도 모르는 사이에 또 이 비밀을 자루에 담아서 동굴 속에 숨겨버릴지도 몰라. 그러면 그 순간부터 다시 불행한 날들이 시작되겠지. 그게 싫다면 이 비밀을 항상 기억해야 돼. 그 정도의 노력도 없이 행복해질 수는 없으니까.'

어머니와 헤어지고 집에 돌아오는 길에 달수는 어김없이 빨

아름다운 일주일

간 장미 한 송이를 사왔다.

집에 돌아온 달수는 희망 수첩을 꺼내서 그 안에 적힌 내용을 큰 소리로 다시 읽어보았다.

희망을 갖는다면 그 순간부터 행복해질 수 있다.
지나간 시간을 되돌릴 수는 없지만, 성실히 일한다면 잃어버렸던 소중한 것을 빠른 시간에 되찾을 수 있다.
감사하는 마음을 간직한다면 고독하지 않은 행복한 하루를 보낼 수 있다.

"희망 수첩을 준비하길 잘 했어. 이렇게 정리를 해두면 돌아오는 월요일에 회사 동료들에게 행복해지는 비밀에 대해 자세히 설명할 수 있을 거야. 사장님이랑 동료들이 즐거워할 것을 생각하니 벌써부터 흥분되는데. 박 씨도 지금의 나처럼 행복한 하루를 보내게 될 거야."

달수는 가슴이 두근거려서 잠을 이룰 수가 없었다. 행복한 상상에 빠져 있다가 문득 옆자리에 아내가 없다는 사실을 깨달은 달수는 가슴 한구석으로 차가운 바람이 휑하니 불어오는 것을 느꼈다.

제4장_ 고독과 헤어지는 지혜.. 감사

"깨끗하게 도배한 것을 보면 아내와 석이가 좋아할 텐데. 아내가 규철 씨 아내처럼 나를 이해해주진 않았지만 그래도 든든한 버팀목이 되어주었는데…."

아내가 예전처럼 따뜻한 여자가 되어 집으로 돌아올 것이라는 희망을 가졌지만, 그래도 가족이 보고 싶은 마음에 달수의 눈에서 눈물이 흘러 내렸다.

눈물 속에는 그리움과 함께 자신을 버리고 떠난 아내에 대한 야속함도 묻어 있었다.

05

당신에게 나를 드립니다
희생

희생이 아름다운 이유

하루 종일 좁은 버스 안에서 매연 냄새를 맡
으며 운전대를 잡았지만 달수의 입가에서는 미소가 떠나질 않
았다. 오늘 아침에는 저 멀리서 달수의 버스를 타기 위해 달려
오는 중년의 남자를 느긋하게 기다려주는 여유도 생겼다. 예
전 같았으면 배차시간에 쫓겨 액셀을 밟기 일쑤였는데…. 땀
을 뻘뻘 흘리며 달려온 중년의 남자는 머리가 땅에 닿도록 감
사하다고 인사를 했다. 달수는 의자에서 엉거주춤하게 엉덩이
를 띠고 쑥스러운 듯 머리를 긁적거리며 괜찮다고 말해주었
다. 그리고 저녁이 되어 달수는 그 남자를 다시 만날 수 있었

다. 남자는 달수를 보자 함박웃음을 지어보였다.

"아침에 정말 감사했어요. 사실은 오늘이 2년 만에 하는 첫 출근이었거든요. 아내가 없어서 아이들 학교 보내고 출근준비를 하다보니 시간이 빠듯했는데, 덕분에 지각을 면할 수 있었어요. 정말 고마워요."

"고작해야 제 시간을 1~2분 나눠준 것뿐인데요."

달수는 아침처럼 부끄러워하며 어깨를 으쓱거렸다.

"내일도 기사님의 버스를 꼭 타고 싶어요. 아침부터 기분이 좋아질 것 같거든요."

남자는 호탕하게 웃으며 뒷자리로 걸어갔다. '용이 할머니에게 동네 사람들이 내 버스를 타기 싫어한다고 들었는데, 이제 내 버스를 기다리는 손님이 생겼구나.'

어깨가 들썩거릴 정도로 기분이 좋아진 달수는 백미러로 남자가 자리에 앉을 때까지 기다린 후 액셀을 밟았다. 뒷자리로 걸어가는 남자의 윗도리에 유난히도 구김이 많이 가 있었다. 달수는 구깃거리는 자신의 바지를 내려다보며 아내가 집에 없다는 남자의 말을 다시금 기억해냈다. 늦은 저녁이 되어서 하루 일과를 마친 달수는 가벼운 걸음으로 용이 할머니와 만나기로 약속한 꽃가게로 향했다. 달수도 며칠 동안 이 꽃가게에서 장미를 샀기 때문에 주인내외와 친분을 쌓았다. 2평 남짓한 꽃가게에 들어서자 화분에 묻은 흙을 걸레로 닦고 있는 용이 할머니의 모습이 보였다. 하지만 늘 가게에 있던 부부의 모습은 보이지 않았다.

"할머니 저 왔어요."

"오늘 하루도 즐거웠나?"

"그럼요. 할머니 덕분에 행복한 하루를 보내고 있어요."

용이 할머니가 달수를 향해 부드럽게 미소를 지어보였다.

"그런데 오늘은 어쩐다? 자네에게 비밀을 가르쳐줄 꽃순네가 지금 여기 없거든. 오늘은 쉬고 내일 배우기로 할까?"

행복해지는 비밀을 간절히 배우고 싶었던 달수는 단호하게 고개를 흔들었다.

"안돼요. 하루 종일 이 시간을 얼마나 기다렸는데요? 할머니만 괜찮으시다면 비밀을 가르쳐줄 분을 기다리고 싶어요."

"그 말을 들으니 기분이 좋은데. 한 시간정도 기다리면 꽃순네가 올 걸세. 갑자기 바깥양반이 몸살기운이 돈다고 해서 집에 갔거든."

몸이 불편하다는 용이 할머니의 말을 들으면서 달수는 휠체어에 의지하며 힘겹게 걸음을 옮기던 꽃가게 주인아저씨의 모

아름다운 일주일

습이 떠올랐다. 그 뒤로 큰 눈매가 서글서글해 보이는 주인아주머니의 모습도 떠올랐다. 서로를 위하는 모습이 무척이나 다정해 보이는 부부였다. 달수는 주인아주머니인 꽃순네를 기다리며 용이 할머니와 함께 화분에 묻은 흙먼지를 닦았다.

"할머니, 바쁘실 텐데 가게 봐주시느라 고생 많으셨어요. 고마워요."

꽃순네가 숨을 헐떡이며 헐레벌떡 뛰어 들어왔다.

"향긋한 꽃향기도 맡고 좋았다네. 그나저나 바깥양반 몸은 좀 어떤가?"

"나이가 들어서 그런지 요즘 들어 자주 몸살을 앓아요. 아프지 말아야 할 텐데, 정말 걱정이에요."

땅이 꺼져라 깊게 한 숨을 내쉬는 꽃순네의 얼굴이 밤하늘처럼 어둡게 변했다.

'저렇게 힘들어하는데 나 혼자만 행복해지기 위해 비밀을 가르쳐달라고 말해도 괜찮을까.'

달수는 용이 할머니와 꽃순네를 번갈아보며 마음속으로 중얼거렸다.

"아참. 내 정신 좀 봐. 오늘 오신다던 손님이시죠."

꽃순네는 용이 할머니 옆에 서 있던 달수를 보고 반갑게 인

사를 했다.

"안녕하세요. 고달수라고 합니다. 말씀을 들어보니 아저씨께서 아프신 것 같은데 이렇게 시간을 내주셔도 괜찮아요?" 달수는 미안한 마음에 어깨를 구부정하게 구부리고 개미만한 목소리로 들릴락 말락 작게 말했다.

"괜찮아요. 어차피 11시에 가게 문을 닫으니까요."

그러고 보니 늦은 밤에도 항상 꽃가게에 환하게 불이 켜 있었던 것이 기억났다.

"이제 꽃순네도 왔으니 자네가 궁금해 했던 비밀을 알아볼까."

"비밀이라뇨?" 비밀이라는 말에 주인아주머니가 눈을 동그랗게 뜨고 달수와 용이 할머니를 번갈아 쳐다보았다.

"스무 살에 시집와서 아픈 남편 병간호하면서도 웃음을 잃지 않았던 것이 바로 자네가 가지고 있는 행복의 비밀이라네. 그 비밀을 달수에게 가르쳐주게나. 그래야 달수도 자네처럼 오순 도순한 가정을 만들 수 있거든."

꽃순네는 눈을 가늘게 뜨고 몇 초 동안 용이 할머니의 말을 머릿속으로 되 내었다.

"남편과 아이들이 세상에서 가장 소중하거든요. 그들을 사랑하니깐 항상 웃을 수 있었던 것뿐이에요. 미안해요 달수 씨.

특별히 들려줄 만한 이야기가 없네요."

"남편과 아이들을 사랑했기 때문에 자네는 그들에게 세상에서 가장 값진 무언가를 할 수 있었어. 그건 바로 희생이라네. 아픈 남편의 손과 발이 되어주면서도 자네는 불평불만을 늘어놓지 않았어. 아무리 사랑해도 상대를 위해 자신을 희생할 줄 모르면 어려운 상황에서 사랑을 지켜나갈 수 없거든."

"아내로서 할 일을 한 건데 부끄러워요."

용이 할머니의 칭찬이 쑥스러운지 꽃순네의 두 뺨이 발그스름하게 붉어졌다.

"아저씨가 어디가 아프신 거예요? 그리고 왜 아프시게 된 거예요?"

희생만이 사랑을 지켜주는 힘이 된다는 말을 듣자, 달수는 갑자기 꽃순네에 대해 궁금증이 생기기 시작했다. 그녀에게 이야기를 들으면 걷잡을 수 없이 비틀어진 아내와의 관계도 좋아질 것 같은 기대가 생겼다.

"남편은 어머니가 소개시켜준 사람이에요. 동대문에서 약재상을 하시던 어머니가 성실하고 믿음직스러운 남편을 보고 막내딸 신랑감으로 점찍었거든요. 남편도 제가 마음에 들었던지 얼마 안 있어서 청혼을 했고요. 저도 믿음직스러워 보이는 남편이 마음에 들었어요."

남편을 처음 만났을 때의 설렘이 되 살아났는지 꽃순네의 표정이 들떠보였다.

믿음직스런 남편이었는데 어떤 사고가 났던 것일까. 성실했던 사위가 하루아침에 휠체어를 타야 하는 신세가 돼버렸으니, 고생하는 딸을 바라보는 어머니의 마음은 또 얼마나 참담했을까. 달수는 모두가 측은한 마음이 들어서 코끝이 시큰거렸다.

"결혼해서 아이 넷을 낳았어요. 사소한 골칫거리들은 있었지만 큰 문제도 없었고, 성실한 남편 덕분에 생활고에 시달리지도 않았어요. 그러다가 첫애가 초등학교 다닐 때 남편이 교통사고를 당했어요. 가벼운 사고였는데…, 남편이 4대독자라서 처음에는 시부모님께 알리지도 않았어요. 가벼운 사고였으니까 금세 나아질 거라고 믿었거든요. 그런데 다리에 마비 증상이 점점 더 심해지더니 결국엔 휠체어 없이는 움직일 수 없게 되었죠."

"이해가 안 가요. 가벼운 사고였다면서 왜 다리에 마비가 온 거죠?"

달수의 질문에 꽃순네는 힘없이 긴 한숨을 토해냈다.

"그러게 말이에요. 가벼운 찰과상인줄 알았는데…. 처음에는 하늘이 무너지는 것처럼 참담했는데 지금은 남편이 제 옆에 살아있다는 것만도 감사해요. 아픈 남편과 아이들 넷을 어떻게 키울까 걱정했는데 어느 순간 20여년이 훌쩍 지났잖아요. 큰 딸 아이는 지난달에 결혼도 했는걸요."

"그렇다네. 어려서부터 고사리 같은 손으로 엄마 아빠를 돕더니 결혼도 제 힘으로 벌어서 갔지 뭔가. 아마도 아버지를 위해 그리고 자신들을 위해 희생하는 어머니를 보면서 나이답지 않게 철이 많이 들었겠지."

용이 할머니가 흐뭇한 미소를 지으며 고개를 위 아래로 끄덕였다.

"아저씨 병간호하시랴, 꽃 가게 하시랴 많이 힘드시겠어요. 죄송해요. 그것도 모르고 손님이 왔는데 정신없이 부업만 하시던 아주머니에게 가끔 화를 냈거든요."

달수는 꽃가게에 앉아서 손님이 없는 틈을 타 부업거리를 손에 놓지 않던 꽃순네의 모습이 떠올랐다. 그리고 옹졸했던 자신의 모습이 기억나서 얼굴이 화끈거렸다.

"그랬어요? 난 잘 기억이 안 나는데. 그랬다면 오히려 내가 미안하죠. 손님한테 실례를 했으니까요. 그래도 요즘은 내 가게를 갖고 있으니까 훨씬 편해요. 아이들도 모두 직장생활을 하면서 도움을 주고 있고요."

"많이 힘드셨을 텐데도 아저씨에 대한 사랑이 변하지 않다니 신기해요."

달수는 작은 일에도 아내에게 실망하고 또 화를 내던 자신의 모습을 떠올렸다.

"교통사고는 남편의 잘못이 아니었는걸요. 그리고 무슨 일이 생길 때마다 실망하고 미워하면 이 세상에 함께 사는 부부가 어디 있겠어요."

"저는 힘들다고 집을 나가버린 아내가 지금도 미운걸요."

달수는 자신도 모르게 꽃순네에게 하소연을 늘어놓았다. 달수의 말을 듣고 몇 초간 아무런 말도 하지 않던 꽃순네는 이윽고 용이 할머니를 보며 고개를 끄덕였다.

자신이 달수에게 무엇을 가르쳐주어야 할지 알게 된 것이다.

"아내가 왜 집을 나갔는지 그 이유를 알고 있나요?"

꽃순네가 달수에게 조심스럽게 물었다.

"결혼해서 지금까지 10년 동안 몸이 부서져라 일을 했어요. 그런데 지난주에 해고를 당하자마자 부리나케 짐을 싸서는 나가더군요. 지금까지 제가 누구 때문에 그 고생을 했는데, 이해하려고 노력하지만 서운한 마음이 좀처럼 사라지질 않아요."

달수가 아랫입술을 잘근잘근 깨물며 긴 한숨을 내쉬었다.

"20여 년 동안 아픈 남편을 대신해서 식당에서 설거지도 하고, 온갖 장사도 해봤지만 남편 때문에 고생을 하고 있다고 생각해본 적은 없어요. 아마도 내가 아팠으면 남편도 나를 위해서 어떤 고생도 마다하지 않았을 거예요. 그러니 남편을 원망할 수는 더더욱 없죠.

잘은 모르지만 달수 씨 아내가 집을 나간 건 해고를 당해서가 아닐 거예요. '나는 당신 때문에 정말 힘들어'라고 말했기 때문일 거예요. 반대로 '힘들지만 당신이 있어서 행복해'라고 말했다면 상황은 달라졌을 것 같은데요."

"그렇지 않아요. 항상 힘들어 죽겠다는 표정을 지은 건 제가 아니라 아내였어요."

달수는 목청을 높이며 꽃순네에게 자신을 변호했다.

"감정적으로 생각하지 말고 객관적으로 아내와의 관계를 기억해보세요. 싸움의 원인이 모두 아내에게만 있는지 말이에요."

모든 싸움의 원인이 아내의 잘못은 아닐 테지만, 아내는 이해심이 부족한 여자임에는 틀림 없었다. 더군다나 생각해보니 가족을 위해 희생했던 사람은 바로 달수 자신이었다.

"제가 아내와 아이를 위해 고생하는 건 사실이잖아요. 그리

아름다운 일주일

고 사랑에는 희생이 필요하다고 말씀하셨는데 그렇게 따지면 희생한 사람은 저예요.

저는 가족을 위해 하루 종일 힘들게 일하니까요."

달수는 그럴듯한 답변이 생각났고, 자신이 모든 것을 희생했다는 결론에 다다랐다.

"그렇지 않아요. 으스대고 생색내려는 건 희생이 아니에요. 그런 사람들은 조금만 힘들어도 상대에게 화를 내요. '내가 이렇게 하는데 당신은 왜 그것 밖에 못해' 라고 말하면서요.

하지만 희생이란 내 것을 아무리 주어도 아깝지 않다고 생각하는 거예요. 아깝지 않으니 상대에게 무언가를 바라지도 않는 거예요. 오히려 더 주지 못하는 게 미안한 걸요."

꽃순네의 말을 듣고 있자니 달수는 불쾌한 기분이 들었다. 자신이 가족을 위해 한 고생은 희생이 아니라 생색이라니, 말도 안 되는 비하였다.

"회사에서 힘들게 고생하고 집에 와서도 아내의 비위를 맞추기 위해 전전긍긍해야 된다는 뜻인가요? 집이라는 곳은 밖에서 힘들게 일한 사람이 들어와서 편히 쉴 수 있는 공간이잖아요. 내가 아내에게 원했던 것은 그것뿐이었어요. 그게 왜 생색이란 거죠?"

분한 마음이 좀처럼 사그라지지 않은 달수는 씩씩거리며 목
청을 높였다.

꽃순네는 삶은 문어처럼 새빨갛게 변한 달수의 얼굴을 보고
당황스러웠지만 침착한 목소리로 능청스럽게 말했다.

"아내와도 의견이 다를 때는 이렇게 화부터 내셨나요?"

순간적으로 꽃순네에게 신경질을 부리던 달수는 그런 자신
의 모습에 깜짝 놀랐다.

"죄송해요. 저도 모르게 목소리를 높였어요. 용이 할머니께
도 죄송해요."

부끄러운 마음에 달수는 쥐구멍이라도 있으면 들어가서 숨
고 싶었다.

"지금처럼 서로의 생각이 전혀 다를 때도 상대를 위해 희생
하는 마음이 베어 있다면 달수 씨처럼 화부터 내지 않고, 상대
의 말에 먼저 귀를 기울일 거예요. 그리고 웃으면서 타협점을
찾겠죠."

"듣고 보니 그렇군요. 하지만 저에게만 희생을 강요하는 건 너
무 억울해요. 아내도 저를 위해서 희생할 수 있는 것 아닌가요."

달수는 입술을 씰룩거리며 자신을 떠나버린 야속한 아내를
떠올렸다.

"달수 씨의 눈빛을 보면서 아내는 달수 씨가 무슨 생각을 하고 있는지 느꼈던 것 아닐까요. 방금 달수 씨가 말한 것처럼 가족을 위해 하루 종일 고생하는 남편에게 짐이 되고 싶지 않아서 집을 나갔을지도 모르잖아요."

"말도 안 돼요. 회사에서 해고를 당하니까 제가 한심해 보인 거예요. '회사 다니면서 돈 좀 번다고 유세떨더니 쌤통이다' 싶었겠죠."

달수는 고개를 절래절래 흔들며 강하게 부정했다. 그러면서 생각했다. 아내를 사랑해서 결혼한 게 틀림없는데 자신은 왜 이토록 아내를 믿지 못하는 것일까?

"그것 보세요. 달수 씨는 가족들에게 유세를 떨었던 것을 알고 있는 거예요. 그러니까 아내가 집을 떠나자마자 그런 생각을 할 수 있죠."

달수는 괴변처럼 들리는 꽃순네의 말을 들으면서 깊은 곳에 숨겨둔 치부를 들킨 것처럼 가슴이 덜컹 내려앉았다. 꽃순네의 말처럼 자신은 아내에게 늘 유세를 부렸었다.

밖에서 힘들게 일하니까 그 정도는 해도 된다고 생각했었다.

그것이 그토록 아내를 힘들게 했던 것일까?

"이제는 달수 씨의 잘못이 무엇인지 조금 깨달았을 거예요.

단지 인정하고 싶지 않은 거죠. 잘못은 모두 아내에게 있다고 믿으면서 아내를 원망하는 편이 훨씬 쉬우니까요. 달수 씨 때문에 아내가 입었을 상처를 먼저 생각해봐요. 그러면 달수 씨가 무엇을 해야 될지 알게 될 거예요."

달수는 꽃순네의 이야기를 들으며 곰곰이 지난 시간을 되짚어 보았다.

그러고 보니 자신은 힘들었던 하루를 아내에게 보상받기라도 하듯 매일같이 짜증을 부렸다. 예전에는 짜증을 부리는 자신의 모습을 보고 깜짝 놀라곤 했지만 어느 순간부터 그런 일들이 당연하게 여겨졌다. 왜냐면 자신은 아내와 아이를 위해 힘들게 직장생활을 하니깐. 아내도 집에서 자신 못지않게 가사 일에 시달렸을 텐데, 그런 건 전혀 알려고도 하지 않았다. 아들이 말썽을 부렸을 때도 마찬가지였다. 아들의 문제에 대해 길게 이야기 하지도 않았고, 아이를 감싸 안아주지도 않았다. 그저 아들 녀석이 한심해 보였고 아들 하나 제대로 키우지 못하는 아내가 원망스러웠다.

험상궂은 얼굴로 소리나 지르던 남편을 보면서 아내는 무슨 생각을 했을까?

달수는 꽃순네가 바깥일을 마치고 집에 들어와 지난 날 자신처럼 험상궂은 얼굴로 소리치는 모습을 상상해보았다.

'아픈 당신 때문에 내가 얼마나 힘든 줄 알아. 알면 제발 방이라도 어지럽혀 놓지 않도록 노력해봐. 내가 너희들 때문에 얼마나 힘든 줄 알아. 조금이라도 안다면 공부는 못할망정 말썽이라도 피우지 마.'

달수는 더 이상 상상하기를 그만두었다. 상상 속에서도 아저씨와 아이들이 받을 상처가 고스란히 느껴졌기 때문이다.

달수는 하루 종일 매캐한 매연 냄새를 맡으면서 엉덩이에 쥐가 나도록 운전을 하는 자신의 고통을 조금이라도 가족이 알고 있다면 화를 내는 자신을 이해할거라고 믿었다. 아니 당연히 이해해줘야 한다고 생각했다. 그래서 아내는 더 상냥해야 했고, 음식은 더 맛있어야 했다. 아들도 공부를 잘하는 것은 물론 말썽도 부려서는 안 됐다.

달수는 자신이 너무 이기적이었다는 것을 깨달았다. 희생은 커녕 자기는 가족들에게 상처만 줬던 것이다. 어디서부터 잘못된 것일까? 아내가 자신을 용서해 주지 않을 것만 같았다.

달수는 지끈거리는 머리를 두 손으로 감싸 쥐었다.

"하지만 아주머니, 하루 종일 윗사람들 눈치 보면서 힘들게 일하다 집에 오면 사소한 일에도 가끔 짜증이 날 때가 있잖아요. 가족들도 저를 사랑한다면 그 정도는 희생해 줄 수 있는 것 아닌가요?"

달수는 눈물을 글썽이며 꽃순네에게 마지막까지 변명을 늘어놓았다.

"세상에서 가장 편한 사람이 가족이잖아요. 그러다 보니 자기도 모르게 가족에게 마음에도 없는 소리를 하고 짜증을 부릴 수 있어요. 하지만 그런 일이 계속해서 반복된다면 가족들의 마음에도 씻을 수 없는 상처가 생길 거예요. 그 상처는 가족들이 스스로 선택한 희생이 아니잖아요. 그러니 기쁜 마음으로 희생하는 것과는 다르죠."

"아주머니는 가족을 위해 기꺼이 희생한 결과 가정을 지킬 수 있었고, 저는 아내에게 희생을 강요했으니 가정을 지킬 수 없었던 거군요. 희생은 상대방에게 강요하는 게 아니라 내 스스로 상대를 위해 하는 거니까요."

참담함을 느낀 달수의 얼굴에 새까만 하늘처럼 검은 그림자가 드리워졌다.

자신은 왜 이다지도 한심한 걸까? 지나간 시간을 되돌릴 수 없듯이 아내의 가슴에 생긴 상처를 없었던 것으로 만들 수는 없을 것이다. 그로인해 아내의 사랑이 변했으면 어쩌지.

아름다운 일주일

달수는 미친 듯이 가슴이 쿵쾅거렸다. 아내 없이는 못 살 것 같았기 때문이었다.

이처럼 사랑하는 아내에게 왜 따뜻한 말 한마디, 눈빛 한 번 건네지 않았을까.

그저 힘든 자기를 이해하지 못하는 아내가 원망스럽기만 했었다.

"제가 아주머니처럼 아내를 위해 즐겁게 저를 희생했다면 아내도 제게 힘이 되어주기 위해 노력했겠죠. 아내를 원망했는데 지금에 와서 보니 아내가 떠난 것은 모두 제 잘못이네요."

"지금이라도 늦지 않았어요. 아내가 돌아와 주기를 바란다면 진심으로 잘못을 반성하고 용서를 구하세요. 아내가 달수 씨를 사랑하고 있다면 분명히 진심을 알아줄 거예요."

꽃순네가 달수의 어깨를 다독이며 위로해주었다.

"그동안 제가 했던 일들을 생각해보니까 아내가 더 이상 저를 사랑하지 않을 것 같아요.

무뚝뚝하고 불평불만만 늘어놓는 형편없는 남편이었거든요."

"허허 이보게 달수. 시작도 하지 않고서 부정적인 생각을 하는 건가? 월요일에 가르쳐주었던 희망이라는 비밀을 또 동굴 속에 숨겨버렸나 보군."

옆에서 조용히 두 사람의 대화를 듣고 있던 용이 할머니가 달수에게 무섭게 호통을 쳤다.

온화한 미소가 사라진 할머니의 얼굴은 호랑이처럼 무섭고 날카로워 보였다.

깜짝 놀란 달수는 순간적으로 정신이 번쩍 드는 것 같았다.

'그래 맞아. 왜 벌써부터 겁을 먹고 포기하려고 했지. 아내의 사랑이 변했다면 다시 변하도록 노력하면 될 텐데. 10년 보다 더 긴 시간이 필요하다 해도 난 진심을 다해 노력할 거야. 왜냐면 아내를 사랑하니까.'

"죄송해요. 부정적인 생각만 하던 게 습관이 돼서요. 아주머니 말씀이 옳아요. 아내에게 잘못했다고 용서를 빌어야겠어요. 처음에는 아내가 용서해주지 않겠지만 그동안 제가 저지른 잘못을 생각하면 당연한 결과겠죠. 그러니 용서해 줄 때 까지 빌고 또 빌어야죠."

용이 할머니의 호통소리에 잠시 잊어버리고 있었던 희망의 중요성이 다시 기억났다.

달수는 어제처럼 안주머니에 넣어두었던 희망 수첩을 꺼냈다.

그리고 이렇게 적었다.

아름다운 일주일

사랑을 지키기 위해서는 즐거운 마음으로 자신을 희생한다.

"사랑하는 사람과 함께 한다면 행복한 하루를 보낼 수 있을 거예요. 그러니까 행복의 비밀이 바로 희생인 거죠. 아무리 돈 이 많아도 사랑하는 사람이 내 곁을 떠난다면 불행한 하루를 보내야 할 테니까요."

달수는 희망 수첩에 행복해지는 비밀을 또 한 줄 적어 놓았다.

"그렇다네. 이제야 자네가 행복해지는 비밀을 마음속 깊이 이해한 모양인군. 자! 내일부터 꽃을 사기위해 가게에 올 때면 이 부부의 표정을 유심히 보게나.

이 두 사람은 서로를 사랑하고 또 즐거운 마음으로 기꺼이 서로를 위해 자신을 희생하기 때문에 행복에 취해있다네. 그 렇다고 해서 이 두 사람이 싸우지 않는 다는 것은 아닐세. 아 무리 사랑해도 사람인 이상 어찌 서로를 미워하지 않을 수 있 겠나. 중요한 것은 싸움이 난 후에도 상대를 위해서 자신이 먼 저 사과하는 마음을 가지는 거야. 그것도 일종의 희생이거든. 내가 머리를 숙였기에 상대의 자존심을 살려줄 수 있으니까."

용이 할머니의 말을 들으면서 달수는 당장이라도 아내에게 달려가야겠다고 생각했다. 밤이 늦었지만 하루라도 빨리 아내에게 사과를 해야 아내의 상처가 조금이라도 나을 것 같았다.

"아주머니 소중한 비밀을 가르쳐주셔서 정말 고마워요. 지금 당장 아내에게 가서 용서를 빌어야겠어요. 그리고 아내가 저를 받아 줄 때까지 노력해야겠어요."

"좋은 생각이에요."

꽃순네가 벌떡 일어나 달수의 손목을 잡았다. 그리고는 뒤를 돌아 바구니에 담겨 있던 장미꽃 한 다발을 정성스레 포장하기 시작했다.

"이 꽃을 줄 테니 아내에게 선물해보세요. 아내의 마음이 조금이라도 풀릴지 모르잖아요."

달수는 괜찮다고 사양해야 할지 고맙다고 해야 할지 잠시 고민했다. 그리고는 머리가 땅에 닿을 때까지 고개를 숙이며 감사의 마음을 전했다.

"오늘 나에게는 장미 꽃 두 송이를 주게나."

용이 할머니가 흐뭇한 미소를 지으며 꽃순네를 바라보았다.

"항상 한 송이만 사시더니 오늘은 웬일로 두 송이를 사시는 거예요?"

"한 송이는 행복한 하루를 보낸 나를 위해 사는 거고, 다른 한 송이는 달수를 위해 미리 내가 맡아두는 걸세. 잘못을 뉘우

아름다운 일주일

치고 아내에게 용서를 빈다면 달수는 행복한 하루를 보낼 테니까 말일세."

"그럼 있다가 저한테 사면 되잖아요?"

꽃다발을 포장하고 있던 꽃순네가 달수와 용이 할머니를 번갈아 쳐다보았다.

"달수가 아내를 만나고 오면 아마도 자정이 넘을 거야. 그때까지 자네가 가게 문을 열어둘 수는 없지 않은가. 그러니 내가 달수 꽃까지 미리 사두는 것 일세. 이보게 달수. 있다가 잠시 우리 집으로 오게. 오늘 하루도 행복한 하루를 보낸 증표로 이 꽃을 줄 테니까."

"네, 할머니."

달수는 소중한 비밀을 가르쳐주면서도 늘 자신을 위해 무언가를 해주는 용이 할머니의 따뜻한 마음에 감동하여 코끝이 시큰해졌다.

'말하지 않아도 상대가 나를 얼마나 아끼고 사랑하는지 느낄 수 있는 건 나에 대한 그의 희생 때문이구나' 라고 생각한 달수는 희생이 왜 중요한지 깨달았다.

진정한 사랑과 행복

11시가 넘어서 아내가 머물고 있는 처가에 도착한 달수는 선뜻 아내에게 전화를 걸 용기가 나지 않았다. 쌀쌀맞게 전화를 끊어버리면 어쩌지, 벌써부터 가슴이 쿵쾅거렸다.

문득 예전에 아내에게 청혼하던 날이 기억났다. 그날도 지금처럼 늦은 시간에 꽃다발을 안고 아내를 만나러 왔었다. 그리고 아내가 청혼을 거절하면 어쩌나 걱정하며 발을 동동 굴렸었다. 땀을 뻘뻘 흘리면서 더듬거리는 말투로 청혼을 했는데 뜻밖에도 아내가 흔쾌히 '좋아' 라고 대답해주었다. 오히려 아내의 대답에 당황한 사람은 달수였다.

그렇게 쉽게 허락해줄지 몰랐었기 때문이었다.

'10년 전에 아내가 프러포즈를 받아주었던 것은 기적이었어. 내가 진심으로 용서를 빈다면 아내는 분명히 나를 다시 받아줄 거야.'

비장의 각오를 하듯 주먹을 불끈 쥔 달수는 용기를 내어 아내에게 전화를 걸었다.

전화기 너머로 들려오는 아내의 목소리는 한겨울 밤바람처럼 쌀쌀맞았다. 그 순간 조금 전에 생겼던 자신감이 감쪽같이 사라져버렸다. 방망이질 치는 가슴을 억지스레 달래며 달수는 힘겹게 말을 건넸다.

"여보. 미안해. 내가 어리석었어. 한 번만 더 나에게 기회를 주면 안 될까?"

"당신이 무엇을 잘못했는데요?"

아내가 차가운 목소리로 달수에게 물었다.

"당신을 사랑한다고 말하면서 한 번도 나 자신을 희생하려고 하지 않았어. 오히려 당신에게 희생을 강요했어. 미안해 정말. 당신이 떠난 후에야 내가 그동안 무엇을 잘못했는지 알게됐어. 잠깐이라도 좋으니까 얼굴 보면서 이야기 하면 안 될까?"

달수는 모기보다 작은 목소리로 힘없이 아내에게 사정했다. 잠시 동안 무겁고도 긴 침묵이 이어졌다.

"나갈 테니 잠깐만 기다려요."

몇 분 뒤에 나온 아내의 얼굴은 일주일 사이에 몰라보게 수척해졌다. 그 모습을 보자 달수의 가슴이 찢어질 것처럼 아파왔다. 달수는 당장이라도 무릎을 꿇고 아내에게 잘못을 빌고 싶었다. 사랑하는 아내를 이렇게 힘들게 만들다니….

용이 할머니를 만나지 못했다면 지금 이 순간도 아내를 원망하고 있었겠지. 그리고 지금의 모든 불행을 아내 탓으로 돌렸을 테지.

나뭇가지처럼 앙상하게 마른 아내를 보자 달수는 진심으로 자신의 잘못이 무엇인지 깨닫게 되었다. 아내는 이토록 상처받고 또 아파하고 있었던 것이다.

미안하다는 말만 되풀이하던 달수의 눈에서 주체할 수 없이 눈물이 흘러 내렸다.

아내는 달수에게 아무런 말도 하지 않았다. 대신 달수의 흐르는 눈물을 조용히 닦아주었다.

"예전에 당신은 착한 사람이었던 것 같아요. 하지만 지금은

당신이 어떤 사람인지 모르겠어요. 당신에게 많이 실망해서 그런지 지금의 모습도 낯설게 느껴져요. 아무튼 복직했다고 하니 축하해요."

아내의 목소리는 여전히 차가웠다.

"염치없는 소리겠지만, 이제 복직도 했으니까 집에 돌아오면 안 될까?"

달수는 조심스럽게 말하며 아내의 눈치를 살폈다.

"당신은 자신이 뭘 잘못했는지 아직도 모르는군요. 복직했으니 돌아오라고요? 그러면 내가 당신이 해고 되서 집을 나왔다고 생각해요?"

아내가 달수의 손을 뿌리치며 불같이 화를 냈다. 그 모습에 달수도 순간적으로 아내에게 화를 낼 뻔했다. 하지만 상대를 위해 자신을 희생한다면 의견이 다를 때도 상대의 말에 귀 기울일 수 있다는 꽃순네의 말이 기억났다.

"당신이 나를 떠난 이유가 해고 때문이 아니라는 것은 알아. 돌아왔으면 좋겠다고 말한 것은 복직과 상관없이 당신과 석이가 그립기 때문이야. 이제는 가족이 얼마나 소중한지 알았으니까 당신과 석이에게 무조건 나를 이해해달라고 강요하지 않을게. 내가 열심히 일할 수 있다면 그건 가족이 있기 때문이야."

달수는 자신의 진심을 아내에게 전달하기 위해 과장되거나 멋진 말 대신 솔직한 심정을 있는 그대로 말했다. 그래서인지 아내의 눈동자가 미세하게 떨렸다.

"석이와 의논해 볼 게요."

여전히 차가운 목소리였지만 달수는 그 안에서 희망을 찾을 수 있었다. 달수는 용기를 내어 아내의 어깨를 살며시 끌어안았다. 아내의 품은 예나 지금이나 여전히 따뜻했다.

다만 자신이 그 사실을 잊고 있었던 것뿐이었다.

아내에게 용서를 빌고 나자 가슴 속에 응어린 진 상처가 거짓말처럼 낫는 것 같았다.

아내와 헤어지고 집에 돌아오는 길에 달수는 용이 할머니의 집에 들렀다. 그리고 탐스러운 장미 한 송이를 선물로 받았다.

"할머니 안녕히 주무세요. 내일은 또 어떤 비밀이 저를 행복하게 만들어줄까 생각하니 벌써부터 내일이 기다려져요."

집에 돌아온 달수는 화병에 조금 전에 받은 장미 한 송이를 꽂았다.

이로써 장미가 모두 4송이가 되었다.

'3송이만 더 모이면 행복한 일주일을 보내는 거야. 불행한

날을 하루도 보내지 않을 수 있다니. 이게 기적이 아니면 무엇이 기적이겠어.'

달수는 벅찬 감동에 눈시울이 붉어졌다. 그리고 오늘 배운 행복해지는 비밀을 잊지 않기 위해 큰 소리로 외쳤다.

• 사랑을 지키기 위해서는 즐거운 마음으로 자신을 희생한다.

하루 빨리 아내와 석이가 집에 돌아오길 손꼽아 기다렸다. 이제 달수는 가족을 위해 즐거운 마음으로 희생을 할 것이다. 그것이 가정을 지킬 수 있는 최고의 방법이며 동시에 행복해지는 비밀이라는 것을 알았기 때문이다.

아름다운 일주일

06
—

행복을 선물하는 한 마디
배려

배려가 주는 즐거움

　　즐거운 마음으로 잠자리에 들어서인지, 용이 할머니에게 행복해지는 비밀을 배우고 싶어서인지 달수는 이른 아침부터 눈이 떠졌다. 오늘도 새벽녘에 눈을 뜬 달수는 가장 먼저 화병의 물을 갈아주었다. 그래야 일요일에 활짝 핀 장미 7송이를 볼 수 있을 테니까. 느긋하게 출근 준비를 하고 있는데 달수의 휴대전화로 한 통의 문자가 전송되었다.

　　문자를 보낸 사람은 아내였다. 달수는 예전에 연애하던 시절처럼 가슴이 쿵쾅거렸다.

아름다운 일주일

— 즐거운 하루 보내고 운전 조심하세요 —

아내의 사랑이 느껴지는 문자를 보자 달수는 힘이 불끈 솟는 것 같았다.

그동안 아내가 옆에 있다는 것만으로도 행복한 하루를 보낼 수 있었는데 그 사실을 잊고 있었다니 안타까웠다. 그러나 더 이상 후회하는데 시간을 보내지 않기로 결심한 달수는 즐거운 마음으로 옷가지를 챙겨 입고 밖으로 나왔다. 오늘따라 날씨가 더 좋은 것 같았다. 출근길에 용이 할머니의 앞마당을 들여다보니 이미 일을 나갔는지 리어카가 보이지 않았다. 아무도 깨지 않은 이른 새벽에 나가야 폐지를 가장 먼저 수거할 수 있다는 용이 할머니의 말이 떠올랐다.

"성실한 것은 젊은 사람들도 못 따라갈 거야."

혼잣말을 하며 콧노래까지 불러댄 달수는 어제처럼 즐거운 마음으로 운전대를 잡았다.

그리고 얼마 지나지 않아 버스정거장에서 장애를 가진 중년의 아주머니를 만나게 되었다.

"죄송한데 눈이 안 보여서 그래요. 이 버스가 208번 맞죠?"

달수는 지팡이를 더듬거리며 위태롭게 서 있는 아주머니를 보고 재빨리 자리에서 일어났다.

그리고 버스계단을 내려가서 아주머니의 팔을 부축하여 버스에 오른 후 운전석 뒤에 있는 빈 의자에 아주머니가 앉도록 도와주었다.

"기사님 고마워요. 지갑을 잃어버려서 택시를 탈 수가 없었거든요. 다행히 옆에 있던 친절한 학생이 버스 번호를 가르쳐 주었지만 혼자서 움직이는 버스에 탈 생각을 하니까 두려웠거든요."

"제 버스에 오른 모든 분들을 안전하게 지켜드릴 의무가 있는 걸요. 방송을 듣기 위해 몸을 곧추 세우실 필요도 없어요. 내리실 때가 되면 제가 계단 아래까지 모셔다 드릴 테니까 잠시지만 편히 쉬고 계세요."

그때였다. 뒷좌석에 앉아서 달수와 맹인 아주머니의 이야기를 듣고 있던 일흔이 넘어 보이는 할아버지가 자리에서 일어나 박수를 쳤다.

"조금 전에도 내가 자리에 앉을 때까지 버스를 출발하지 않아서 얼마나 고마웠는지 모른다네. 자네처럼 가슴이 따뜻한 친구를 보니 박수를 안 칠 수가 없겠어."

할아버지의 말을 듣고 있던 승객들도 하나둘씩 박수를 치기

아름다운 일주일

시작했다. 이윽고 맹인 아주머니를 비롯해서 버스 안에 승객 모두가 달수에게 박수를 보냈다.

부끄러워진 달수는 볼이 발그스름하게 변했지만 세상에서 가장 부자가 된 것처럼 가슴이 벅차올랐다. 왠지 자신이 사람들에게 꼭 필요한 사람이 된 것 같았기 때문이다.

그래서 인지 좀처럼 정체가 풀리지 않는 도로 위에서도 달수는 즐거운 시간을 보낼 수 있었다. 당연히 난폭운전을 하는 일도 없었고 도로 위를 달리는 다른 차들과 시비가 붙는 일도 없었다.

'예전에는 도로 위에 서 있는 시간들이 지루하고 짜증났는데 오늘은 즐겁기만 한 걸 보면 신기한 일이야. 내 안에서 일어나는 작은 기적들이 나를 행복하게 만들어주고 있어.'

즐거운 마음으로 종점에 도착한 달수는 버스에서 내리기 전에 버스 안을 천천히 둘러보았다. 미화부 직원들이 청소를 할 테지만 큰 쓰레기는 직접 가지고 내리기 위해서였다.

좌석 구석구석에 작은 휴지 조각들이 비좁은 틈을 비집고 들어가 힘겹게 박혀 있었다.

달수는 문득 웃음이 흘러 나왔다. 예전에 쓰레기를 버리고 줍지 않던 남학생을 백미러로 보고 한바탕 소리를 질렀던 일이 기억나서였다.

자신은 물론 그 남학생도 얼굴이 홍당무처럼 시뻘겋게 변해서 씩씩거렸었다. 생각해보니 승객과 시비가 붙어 욕설이 튀어나왔던 적도 있었다. 그럴 때마다 통쾌하기보다는 불쾌한 기분이 더 심하게 들었었다. 누군가와 싸운다는 것은 승패를 떠나 모두가 불쾌해지는 일임에 틀림없었다. 그럼에도 늘 싸울 거리를 찾아 헤맸으니….

달수는 씁쓸하게 웃으며 구석구석에 박힌 쓰레기들을 커다란 비닐봉지에 주어 담았다.

버스에서 내려 사무실로 걷고 있는데 뒤에서 웅성거리는 소리가 들려왔다. 그리고 동료들이 달수를 향해 웃으며 달려왔다.

"오늘 좋은 일 있었다면서, 축하하네."

"그러게. 축하해."

동료들이 달수를 향해 알 수 없는 이야기를 하기 시작했다.

"축하할 일이 생겼다니 무슨 말이야?"

달수는 고개를 갸웃거리며 동료들의 얼굴을 이리저리 살펴보았다.

"사무실에 들어가면 알 거야. 사장님이 자네 때문에 기분이 좋아서 싱글벙글 하신다네."

아름다운 일주일

"우리도 빨리 월요일이 와서 자네한테 행복해지는 비밀을 배우고 싶어졌어. 자네가 변한 이유가 바로 그것일 테니 말이야."

달수는 저마다 한 마디씩 내던지는 동료들의 말뜻을 이해할 수 없었지만 자신에게 좋은 일이 생겼다는 확신이 들었다. 사무실이 코앞에 다가올수록 가슴이 쿵쾅거리기 시작했다.

달수가 사무실 문을 열자 사장님이 한 걸음에 달려와 달수의 어깨를 꼭 끌어안았다.

그 뒤로 동료들의 우렁찬 박수소리가 들려왔다.

"오늘 사무실로 전화 한 통이 걸려왔다네. 맹인 어머니를 친절하게 돌봐준 208번 기사를 찾는다고 말이야. 그리고 사과 한 상자를 택배로 보냈지 뭔가. 감사의 마음을 전하고 싶다면서."

사장님이 사무실 중앙에 놓인 사과 상자를 가리켰다.

"다른 사람도 아니고 자네에게 온 전화라서 더 기쁘네. 자네가 변하고 있다는 증거니까."

사장님이 다시금 큰 목소리로 달수를 칭찬하고 박수를 쳤다.

"다른 기사님들은 종종 있었던 일인데요. 저는 입사 10년 만에 처음이니 오히려 반성해야 되죠."

달수는 쑥스러운 마음에 머리를 긁적거리며 말했다. 하지만 기분이 좋아서 몸이 하늘 위로 둥실둥실 떠오르는 것 같았다.

달수의 변한 모습에 기분이 좋아진 사장님이 손수 사과를 씻어오겠다며 자리에서 일어났다.

"자, 기분도 좋은데 우리 모두 사과 파티를 열어보자고."

달수는 자신의 변화가 다른 사람들에게까지 행복을 선물해 준다는 사실을 깨달았다.

마음속으로 자신에게 새로운 삶을 살도록 도와준 용이 할머니와 그동안 만난 모든 사람들에게 감사의 인사를 전했다.

달수와 직원들은 동그랗게 모여 앉아서 싱싱한 사과를 먹으며 하루의 피로를 풀었다. 그리고 남은 사과 몇 개씩을 봉지에 담아 집으로 돌아갔다.

달수도 싱싱한 사과 한 봉지를 들고 용이 할머니 집으로 신나게 달려갔다.

"회사에서 사과 파티를 하느라 조금 늦었어요."

용이 할머니 덕분에 행복해진 달수는 할머니를 보자마자 와락 끌어안으며 아침부터 있었던 일들을 들려주었다.

"그랬군. 그랬어."

달수의 말 한마디 한 마디에 용이 할머니가 무릎을 치며 맞장구를 쳐주었다.

"이제야 자네가 진정으로 행복해지는 방법을 알아가는구면. 오늘은 내가 가르쳐줄게 없는 것 같은데 어쩐다."

용이 할머니의 얼굴에서 열 살 난 개구쟁이와 같은 장난기가 번졌다.

"안 돼요. 아침부터 이 시간을 얼마나 기다렸는데요."

달수는 금방이라도 울 것처럼 얼굴을 찡그리며 울상을 지었다.

"자네가 그렇게 말해주니 기쁘군. 오늘은 갈 길이 좀 멀다네. 동두천이거든."

용이 할머니와 달수는 지하철을 타기 위해 시내로 나갔다. 1호선을 타고 동두천 중앙역에 도착해서 손목시계를 보니 9시를 가리키고 있었다.

"밤이 늦었는데 실례가 아닐지 모르겠어요?"

달수는 늦은 시간에 얼굴도 모르는 사람의 집에 가려니 미안한 마음이 들었다.

"그렇긴 하네만 어쩌겠나, 자네가 일을 마치면 저녁인 것을. 자네 사정을 이야기했더니 그쪽에서도 괜찮다고 이해를 해주더군."

"늘 그래왔지만 오늘 만날 분도 좋은 분인가 봐요."

용이 할머니의 말에 마음이 놓인 달수가 살며시 웃었다.

"그럼. 좋은 사람이지. 어디 그것뿐인가. 훌륭하다 못해 존경스러운 사람이라네."

"저는 할머니를 존경하는데 할머니가 존경하는 사람은 어떤 사람인가요?"

달수가 호기심이 가득한 얼굴로 용이 할머니에게 물었다.

"즐겨 보는 프로그램 중에 '다큐 여자'라는 것이 있네. 자네도 알고 있나 모르겠군. 강인하면서도 따뜻한 여자들의 이야기가 담겨 있어서 보고 있으면 살아가야 할 힘을 얻거든."

용이 할머니의 눈빛이 먼 곳을 바라보는 것처럼 아스라해졌다.

"그 가운데 유난히도 내 기억에서 사라지지 않는 주인공이 있었어. 선천적으로 뇌성마비를 앓고 있던 구족화가였는데 어찌나 웃음이 밝고 예쁘던지. 백문이 불여일견이라고 자네도 만나보면 내 말뜻을 이해할 수 있을 걸세."

달수는 용이 할머니의 이야기를 들으면서 머릿속으로 그녀의 모습을 상상하며 그녀가 살고 있는 아파트에 도착했다. 그녀의 집은 11층. 하지만 안타깝게도 엘리베이터가 고장이 나 있었다. 달수는 용이 할머니의 팔을 부축하며 힘겹게 11층까지 계단을 통해 올라갔다.

아름다운 일주일

"엘리베이터가 고장 났으니 우리 윤정 작가님이 바깥나들이를 못했겠구먼."

용이 할머니가 숨을 헉헉거리며 힘겹게 말했다. 겨우겨우 11층에 도착해 초인종을 누르니 예순을 훌쩍 넘긴, 하지만 젊었을 적에는 무척이나 미인이었을 것 같은 커다란 눈을 가진 아주머니가 문을 열어주었다.

그리고 용이 할머니를 끌어안으며 반갑게 인사했다.

"먼 길 오시느라 힘드셨죠. 오신다는 전화 받고 얼마나 반가웠는지 몰라요."

아주머니를 따라 들어서니 집안에는 아름다운 그림이 가득 걸려 있었다. 거실 바닥에도 그림이 수북이 쌓여 있었고 아직 완성되지 않은, 그래서 화가의 손길을 간절히 기다리는 그림들도 간간히 눈에 띠었다. 마치 집안 전체가 작은 아틀리에 같아 보였다.

거실을 지나 작은 방에서 용이 할머니를 부르는 목소리가 들렸다.

띄엄띄엄 들려오는 다소 둔탁한 목소리.

"윤정 작가님. 그동안 잘 지냈나요?"

용이 할머니가 두 팔을 벌리고 방안으로 들어가서 바닥에

웅크리고 앉아있는 그녀를 끌어안았다.

"보고 싶었어요. 할머니. 그리고 제발 편하게 불러주세요."

백발이 성성한 용이 할머니에게서 듣는 작가님이라는 호칭이 민망한지 그녀가 웃었다.

"작가가 되기까지 얼마나 힘든 길을 걸어왔는데 당연히 작가라고 불러야지."

용이 할머니가 너스레를 떨며 헝클어진 그녀의 머리카락을 쓰다듬어주었다.

"자네도 인사하게. 이 분이 바로 이윤정 작가님이라네."

"안녕하세요. 고달수라고 합니다. 제가 그림에 대해 아는 것은 없지만 정말 훌륭한 그림인 것 같아요."

"나도 그림에 대해 아는 것은 없지만, 보고 있으면 기분이 좋아지는 그림이 좋은 그림 아니겠는가. 우리 윤정 작가님이 그린 탐스런 장미를 보고 있으면 마치 그림에서 향기가 나는 것 같은 착각이 들면서 행복해지거든."

용이 할머니가 벽에 걸린 새빨간 장미가 그려진 그림을 가리켰다.

"네. 저도 잘은 모르겠지만 작가님 그림을 보니까 행복해지는 것 같아요. 저기 떠오르는 태양을 그린 그림을 보니까 가슴에서 뭔가가 쿵쾅거리는 것 같거든요. 뭐랄까. 희망이 샘솟는다고 할까. 하하. 잘 알지도 못하면서 아는 척을 했나요?"

달수가 겸연쩍은 듯 어깨를 구부정하게 구부리고 머리를 긁적거렸다.

"제 그림을 보고 기분이 좋아졌다니 제가 감사하죠."

그녀의 얼굴과 두 손 그리고 발 모두가 심하게 뒤틀려 있었지만 미소만큼은 용이 할머니의 말처럼 한없이 맑았다. 조금 전 문을 열어주었던 그녀의 어머니가 김이 모락모락 나는 보리빵과 커피를 가지고 방으로 들어왔다. 마침 배가 고팠던 달수는 윤정과 그녀의 어머니를 번갈아 쳐다보며 고맙다고 말하고 빵을 크게 한 입 베어 물었다.

은은한 보리 향이 입안 가득 퍼지면서 구수한 맛이 났다.

"달수는 작가님이 출연한 다큐멘터리를 못 본 모양이야. 그러니 작가님이 직접 살아온 이야기를 좀 해주지 않겠나. 달수에게는 많은 도움이 될 거야."

용이 할머니도 보리 빵을 한 입 베어 먹으며 그녀를 바라보았다.

"가난한 살림살이 때문에 어머니가 임신을 하고도 쉬지 못했어요. 그래서 그런지 태어날 때부터 뇌성마비였어요."

윤정이 흔들리는 팔과 다리를 힘겹게 추스르며 띄엄띄엄 어렵게 말했다. 그 모습을 보며 달수는 공연히 자신이 그녀를 힘들게 하는 것은 아닌가 불안한 마음이 들기 시작했다.

"부모님 모두 일을 나가야 했기 때문에 어려서부터 늘 혼자 방안에 있었어요. 학교에 갈 수 없었던 저는 오빠들이 쓰던 헌 책을 가지고 혼자서 학교놀이를 했어요. '선생님 안녕하세요.' '그래. 오늘 숙제는 다 했니' 라고 말하면서 외로움을 달랬거든요. 그래도 외로움이 가시지 않으면 왼쪽 발가락에 연필을 끼고 끼적끼적 그림을 그려봤어요."

달수는 슬픈 이야기를 밝은 표정으로 말하는 그녀의 모습을 보고 있자 코끝이 시리고 가슴이 찡해왔다.

'미소가 눈물보다 더 슬퍼 보일 수도 있구나!'

"그러다가 구족화가란 모임이 있다는 것을 알았어요. 입과 발로 그림을 그리는 사람이 저 말고 또 있다니 깜짝 놀랐었죠. 하지만 구족화가협회에 들어가는 일은 쉽지 않았어요. 작품들도 훌륭했고 회원들의 학력도 초등학교도 다니지 못한 저와는 비교가 안 됐으니까요."

힘겹게 말하지만 그녀의 얼굴은 처음보다 더 밝아졌다. 문득 달수는 지난날 그녀가 겪었던 외로움을 상상해보았다. 아무도 찾아오지 않는 컴컴한 방안에서 부모님과 형제를 기다리며 홀로 그림을 그렸을 모습을 말이다. 아마도 그녀는 지난날의 외로움에서 벗어나기 위해 더 많은 사람들과 만나서 웃고, 즐거워하는 것 같았다.

"구족화가가 되기 위해 피나는 노력을 했지만 독학으로 그림을 배우는 것은 쉽지 않았어요. 매 순간 순간 좌절해야 했고 상처받아야 했거든요. 그러던 중에 제 사정을 딱하게 여긴 선생님께서 무료로 미술을 가르쳐주기 시작했어요. 제게 살아갈 희망을 선물해 준거죠."

뇌성마비라는 장애를 갖고 왼발에 의지해서 그림을 그린다니, 달수는 상상이 가지 않았다. 반듯한 직선을 그리는 것도 쉬어보이지 않기 때문이다. 그럼에도 이토록 섬세한 그림을 그리는 것을 보면 말 그대로 피나는 노력을 했음에 틀림없다고 달수는 생각했다.

"기적적으로 구족화가협회에 가입한 이후에 검정고시를 봐야겠다고 생각했어요. 어린시절에 학교에 다니고 싶어 몸부림치듯 책과 혼자서 씨름을 했죠. 초등학교와 중학교 검정고시는 합격했는데 고등학교는 역시 어렵더군요. 하지만 저는 복이 많은 사람인가 봐요."

달수는 그녀의 얼굴에 깃든 미소를 보며 웃음이 밝고 예쁘다는 용이 할머니의 말이 기억났다. 달수도 이제 용이 할머니의 말뜻을 이해할 수 있었다.

"또 무료로 공부를 가르쳐주겠다는 친구가 나타났어요. 대학생 친구였는데 그 친구 덕분에 검정고시도 합격하고 꿈에 그리던 대학에 입학하게 된 거죠."

대학이라는 말에 달수는 벌린 입을 다물지 못했다. 초등학교도 다니지 못한 여린 그녀가 검정고시를 거쳐 대학까지 입학하고 화가가 되다니. 달수는 오늘날 그녀가 있기까지 아낌없이 그녀를 도와준 사람들의 얼굴이 궁금해졌다. 그리고 지난주 목요일에 있었던 일을 떠올렸다. 휠체어와 소년이 자신에게 쓰러졌을 때 왜 소리를 질렀을까.

정확히 기억나지 않지만 소년에게 모멸감을 주었던 것 같다. 오죽했으면 '지하철 몰상식 남'이라는 제목이 자신에게 붙여졌겠는가. 그날 일이 생각나자 달수는 그녀를 똑바로 쳐다볼 수가 없었다. 만일 그녀의 주변에 자신처럼 몰상식한 사람만 가득했다면 그녀의 얼굴에 지금처럼 환한 미소가 드리워질 수 있었을까? 그녀의 의지가 아무리 강한들 번번이 몰상식한 사람들한테 상처 입으면 미소가 어느새 어두운 그림자로 변하게 될지도 모른다.

달수는 자신의 행동이 누군가의 얼굴에서 미소를 사라지게 만든다고 생각하니 머리끝이 쭈뼛하고 서는 것 같았다. 달수는 고개를 절래절래 흔들며 그녀를 바라보았다.

"결국 미대에 들어갔군요?"

"아니요. 집안 형편을 생각해서 방송통신대학교 교육학과에 입학했어요."

미대를 포기하고 교육학과를 선택했다고 말했지만 그녀의 얼굴에서는 실망의 그림자를 찾아 볼 수가 없었다.

"왜 하필 교육학과였죠?"

"훌륭한 화가가 된 후에 저처럼 그림을 그리고 싶어 하는 이웃들에게 도움을 주고 싶어서요. 제가 그동안 받은 사랑과 배려를 나눠드리고 싶거든요."

달수는 삶을 바라보는 그녀의 따뜻한 시선에, 그리고 삶을 사랑하는 강한 열정에 감동하여 가슴에서 뜨거운 열기가 올라오는 것 같았다.

"이보게 달수. 윤정 작가님의 이야기를 들으면서 무슨 생각이 들었나."

용이 할머니가 그녀의 헝클어진 머리를 다시금 매만지며 달수를 바라보았다.

"나만을 위하는 삶보다 누군가를 배려하는 삶이 훨씬 값지다는 것을 깨달았어요. 주위 사람들의 배려가 없었다면 작가님의 모습이 지금과 많이 다를 수도 있었을 테니까요. 작은 배려가 누군가에게는 희망과 삶의 기쁨을 준다는 사실을 이제야 조금 알 것 같네요. 그리고 그 안에서 가장 행복해지는 사람은 바로 나 자신이고요."

"상대를 배려할 줄 아는 사람은 상대를 행복하게 만들어주면서 동시에 자신도 행복해 진다네. 자네도 오늘 맹인 아주머니를 배려하면서 그 사실을 스스로 깨닫지 않았는가."

달수는 용이 할머니의 질문에 계속해서 고개를 끄덕이며 대답했다.

"그러네요. 작은 배려가 상대에게 얼마나 큰 행복을 선물해 주는지 알 것 같네요. 하지만 사회는 아직 장애인들을 위한 배려가 부족해요. 버스는 말할 것도 없고 지하철도 장애인은 타기 어렵거든요. 보호자가 없으면 날씨가 아무리 좋아도 바깥 나들이를 하기 힘들잖아요. 참 안타까워요."

처음으로 그녀의 얼굴에 쓸쓸함이 묻어났다.

그리고 보니 달수도 10년 가까이 버스 운전을 하면서 장애인을 많이 만나지 못했다. 마치 우리나라에 장애인이 한 명도 없는 것처럼 말이다.

"장애인들은 모두 어두운 방안에 갇혀 있는 거예요. 모습이 부끄러워서가 아니라 목숨을 담보로 하면서까지 나갈 수가 없는 거죠. 저도 휠체어를 타야만 나갈 수 있는데 오늘처럼 엘리베이터가 고장 나면 꼼짝없이 약속을 모두 취소해야 돼요. 또 인도는 시작과 끝나는 곳에 높다란 턱이 있고, 보도블록도 울퉁불퉁해서 위험해요. 넘어지면 큰일이 나거든요. 어쩔 수 없이 차도로 다니는데, 뒤에서 빵빵거리면 얼마나 불안하고 무섭다고요."

샐쭉한 표정의 그녀를 보며 달수는 자신의 버스와 복잡한 도로 위를 머릿속으로 그려보았다. 그녀의 말처럼 장애를 가진 사람들이 다니기에는 곳곳이 위험요소였다.

"제가 버스를 운전하는데 사장님께 작가님의 이야기를 전할게요. 몸이 불편한 분들도 마음 놓고 버스를 타고 다닐 수 있는 방법이 있을지도 모르잖아요."

달수가 비장한 목소리로 말하며 주먹을 불끈 쥐었다.

"고마워요. 기사님 같은 분들이 많으면 사회도 조금씩 장애인들을 배려해줄 거예요. 참 또 하나 바람이 있다면 식당에 문

턱이 없어지는 거예요. 외출을 했다가 배가 고파도 식당마다 턱이 있어서 누군가의 도움 없이는 휠체어를 타고 들어갈 수 없거든요. 무턱대고 턱이 없는 식당을 찾아 헤매는 것도 쉽지 않고요. 그러다 보니 외출을 하면 번번이 끼니를 거르기 일쑤에요. 기사님이 밖에 나가서서 저 대신 말씀 좀 해주세요."

그녀의 얼굴이 처음처럼 다시 밝아졌다. 언제부터인지 모르겠지만 달수는 더 이상 그녀의 목소리가 둔탁하게 들리지 않았다. 뒤틀리는 그녀의 몸을 보는 것도 더 이상 불편하지 않았다. 그저 겉모습이 자신과 조금 다르다는 생각만 들었다. 겉모습 너머로 보이는 그녀의 영혼은 자신처럼 행복해지고 싶다고 말하고 있었다.

또한 용이 할머니의 말처럼 상대방을 위해 작은 배려를 잊지 않을 때 자신도 행복해질 수 있는 것이다. 그녀를 위해 무료로 미술을 가르치고 수학과 영어를 가르쳤던 이들 역시 지금의 그녀처럼 어딘가에서 행복한 미소를 짓고 있을 테니까.

달수는 서둘러 희망 수첩을 꺼냈다.

작은 배려를 잊지 않을 때 그도, 나도 행복해질 수 있다.

그녀는 달수의 희망 수첩을 뚫어져라 쳐다보았다. 그리고 앞에서부터 읽어보고 싶다고 말했다. 달수는 그녀의 왼발에 자신의 희망 수첩을 건네주었다.

그녀는 얼굴이 땅에 닿을 만큼 고개를 숙이고 희망 수첩에 적힌 내용을 큰소리로 읽었다.

달수는 부끄러웠지만 동시에 뿌듯함을 느꼈다.

'저 수첩은 나뿐만 아니라 모든 사람들에게 행복을 선물해 줄 수 있는 기적의 수첩이야.'

모두가 행복한 사회

집으로 가기 위해 지하철을 타고 보니 시계가 11시를 넘어서고 있었다. 늦은 시간이었지만 지하철 안에는 빈자리가 없을 정도로 사람들이 많이 있었다. 다행히도 노인석에 한자리가 비어 있어서 용이 할머니가 앉을 수 있었다. 달수는 용이 할머니 맞은편에 서서 힘든 하루 일과를 마치고 집으로 돌아가는 행인들을 천천히 살펴보았다.

술에 취해 얼굴이 벌겋게 달아오른 중년의 남자가 꾸벅꾸벅 졸고 있었다. 그 옆으로 스무 살 정도의 청년이 이어폰을 끼고 눈을 감은 채 음악에 맞춰 무릎을 흔들기도 했다.

달수는 기사가 아닌 승객으로 사람들의 표정을 살피는 것이 재미있었다.

그래서 인지 돌아오는 긴 시간도 지루하지 않게 느껴졌다. 마침 앞자리가 비어서 달수는 자리에 앉았다. 자리에 앉고 보니 하루 동안에 피로가 온 몸을 잠 속으로 빠져들게 만들었다.

고개를 꾸벅꾸벅 흔들며 잠이 든 달수는 무릎 언저리에 무언가가 닿는 것을 느꼈다.

힘겹게 졸린 눈을 떠 보니 지하철 안에 사람들이 조금 전보다 훨씬 많아졌다.

그리고 달수의 앞에는 이십대 중반으로 보이는 젊은 여자가 힘겹게 서서 무거운 책가방 모서리로 달수의 무릎을 살짝살짝 건드리고 있었다.

금방이라도 부서질 것처럼 연약해 보이는 여자가 식은땀을 흘리며 얼굴을 찡그렸다.

많이 아픈 것 같은데 이 시간까지 야근을 한 것일까?

달수는 여자가 측은해보였다. 하지만 자리를 양보하자니 자기도 그녀 못지않게 피곤하다는 생각이 들었다. 열 시간이 넘도록 꼼짝도 못하고 앉아서 버스를 운전했고, 일이 끝나자마자 저녁도 먹지 못하고 동두천으로 달려갔으니 말이다.

아름다운 일주일

그러고 보니 배에서는 꼬르륵거리는 소리가 들려왔고 눈꺼풀도 천근만근처럼 무거웠다.

달수는 슬그머니 눈을 감았다.

'나도 피곤한 걸. 그냥 못 본 척 하고 자자.'

눈을 감았지만 더 이상 잠이 오지 않았다. 그리고 자리에 앉아 있는 것도 편하지 않았다.

마치 바늘방석에 앉은 것처럼 엉덩이가 욱신거렸다.

옛날 같았으면 이런 상황에서 이 자리는 당연히 자신의 몫이라고 생각했을 텐데, 달수는 이제 그 옛날 이기적이었던 달수가 아니었다. 달수는 벌떡 자리에서 일어났다.

"피곤해 보이는데 여기 앉으세요."

눈을 감고 위태롭게 서 있던 여자는 자신을 위해 일어선 달수를 몇 초간 바라보았다.

"말씀만으로도 고마워요. 하지만 아저씨도 많이 피곤해 보여요. 저는 괜찮으니까 앉아계세요." 여자는 모기처럼 작은 목소리로 말하며 고개를 좌우로 조금씩 흔들었다.

"저는 지금까지 여기 앉아서 푹 잤어요. 지금 이 자리는 저보다 아가씨한테 더 필요할 것 같으니 어서 앉으세요. 서 있는 모습이 위태로워 보여서 제가 더 불안하거든요."

말을 하면서도 달수는 변화된 자신의 모습이 신기할 뿐이었다.

"고마워요."

여자는 달수의 완강한 태도를 보고는 살며시 웃으며 자리에 앉았다. 그리고 달수의 가방을 자신의 무릎 위에 올려놓았다. 달수는 비록 자리에서 일어났지만 자리에 앉아있을 때보다 마음이 더 편안했다. 배려는 나와 그, 모두 행복해지는 일이라더니 역시 맞는 말이었다.

"아침부터 몸살 기운이 있더니 하루 종일 나쁜 일만 생기고, 정말 지쳤거든요. 최악의 하루라고 생각했는데 아저씨 덕분에 그런 마음이 좀 누그러지네요."

여자의 목소리가 조금 전에 비해 조금은 밝아졌다.

지하철에서 내린 달수는 장미를 사지 않은 것이 생각났다. 꽃순이 아주머니가 가게 문을 닫지 않았으면 좋으련만 시계를 보니 벌써 자정이 넘었다.

"할머니. 어쩌죠. 오늘 하루도 행복한 하루를 보냈는데 깜빡하고 장미를 못 샀어요. 일요일에 꼭 장미 7송이를 보고 싶었는데…"

"작가님을 만날 생각에 기분이 들떠서 나도 장미꽃을 깜빡

아름다운 일주일

했네. 어쩌지?"

용이 할머니도 무릎을 치며 안타까워했다. 하는 수 없이 두 사람은 밤하늘의 별을 바라보는 것으로 자신을 위로하며 집으로 향했다. 그러면서도 달수는 꽃순이 아주머니가 가게 문을 닫지 않길 마음속으로 바랐다. 달수의 간절한 마음이 꽃순네에게 전달되었는지 자정이 넘었는데도 꽃가게에는 환하게 불이 켜 있었다. 꽃을 살 수 있다는 반가움에 기분이 들뜬 용이 할머니와 달수는 보폭을 빠르게 걸으면서 꽃가게로 들어갔다.

"이 시간에 꽃을 살 수 있다니 나야 기쁘지만, 웬일로 늦은 시간까지 문을 안 닫았나?"

가게 안쪽에서 부업 삼매경에 빠져 있던 꽃순네가 용이 할머니의 우렁찬 목소리를 듣고 일손을 멈췄다.

"할머니랑 달수 씨가 매일 장미꽃을 사잖아요. 오늘은 두 분 모두 안 오시기에 혹시나 멀리 가셨나 싶어서 기다려봤어요. 부업도 할 겸 겸사겸사해서요."

꽃순네가 완성해 놓은 부업거리를 흐뭇한 눈길로 내려다보았다.

"할머니하고 오는 길에 오늘은 꽃을 못 사서 아쉽다고 말하는 중이었어요. 그나저나 이렇게 늦은 시간까지 아저씨를 혼자 두셔도 괜찮으세요?"

달수는 자신들을 기다려준 꽃순네가 고마웠지만 한편으로는 아내를 기다리고 있을 아저씨를 생각하자 안쓰러운 마음이 들었다.

"아이들이 일찍 들어왔거든요. 아버지를 잘 도와주니까 괜찮아요."

말을 마친 꽃순네는 자리에서 일어나 장미 두 송이를 비닐로 포장했다.

"꽃순네의 배려 덕분에 우리 두 사람이 즐거운 마음으로 잠자리에 들 수 있겠어. 고마워."

용이 할머니가 얼굴 가득 부드러운 미소를 지으며 꽃순네가 지금까지 작업 한 부업거리를 정리하기 위해 커다란 박스에 옮겨 담았다.

"남을 위해 배려하는 것도 즐거운 일이지만 누군가가 나를 배려해주는 것은 더 기분 좋은 일이네요. 저도 고마워요. 아주머니."

달수도 용이 할머니를 도와 부업거리를 박스 안으로 넣었다.

"매일 꽃을 사주시니까 오히려 제가 감사하죠. 항상 받기만 해서 마음에 걸렸는데 이렇게 기뻐해주니까 제가 더 행복한걸요."

"우리 세 사람 모두 서로를 배려해 주었으니까 공평하게 서로한테 감사하도록 하자고."

용이 할머니의 커다란 목소리가 꽃가게 안에 울려 퍼졌다. 세 사람은 서로에게서 장미꽃보다 더 향긋한 향기를 맡으며 얼굴 가득 웃음꽃을 피웠다.

아름다운 일주일

07
—

하늘이 준 특별한 선물
실천

가슴으로 낳은 아이

        퇴근한 달수는 한 걸음에 용이 할머니 집으로 달려갔다. 그리고 대문 앞에서 서성이던 용이 할머니를 만났다.

"할머니 여기서 뭐하고 계세요?"

"자네를 기다리고 있었지. 자, 오늘도 새로운 비밀을 배우러 가 볼까?"

"밤바람이 차가운데 감기 드시면 어쩌려고요."

"반짝거리는 별도 볼 수 있고, 시원한 밤바람도 쏘일 수 있는 데 감기가 좀 걸리면 어떤가.

늙어서 그런지 요즘에는 세상살이 하나하나가 신기하고 어여뻐 보인다네. 안개가 내려앉은 새벽녘도 아름답고 햇살이 눈부신 오후도 싱그럽고 말이야. 그러니 어찌 행복하지 않을 수 있겠는가."

달수는 문득 세상의 모든 이치를 꿰뚫고 있는 현자의 눈빛이 용이 할머니의 눈빛과 같지 않을까라고 생각했다.

"네. 할머니 말씀처럼 세상을 바라보는 시선을 조금만 바꿔도 모든 것이 아름다워 보이는 것 같아요. 그러고 보면 지옥은 우리 안에 있나 봐요."

"그렇다네. 천당과 지옥은 땅을 기준으로 있는 게 아니라 우리 마음 안에 있는 거야. 그러니 같은 하늘 아래 살면서 어떤 이는 남을 위해 자신의 삶을 바치고 어떤 이는 스스로 생을 마감하는 것 아니겠나. 뿐만 아니라 천당과 지옥은 동그란 원처럼 서로 맞물려서 쉴 새 없이 돌기 때문에 우리는 하루에도 수 없이 천당과 지옥을 넘나드는 것이라네."

용이 할머니의 지혜가 담긴 이야기를 듣고 있자니 달수는 자신도 현자처럼 세상의 이치를 조금씩 깨닫기 시작하는 것 같았다.

"그렇다면 항상 좋은 생각만 해서 지옥문을 이 빠진 원으로 만들면 되겠네요."

"허허. 이 빠진 원이라. 그거 좋은 생각이구면. 그렇게만 되면 천당과 지옥이 마음속에서 엎치락뒤치락 할 일도 없을 테니 말이야. 그러고 보니 이제 자네가 만날 사람은 이미 지옥문을 이 빠진 원으로 만들어버렸는지도 모르겠구면."

용이 할머니가 어깨를 으쓱해 보였다. 그리고 그들의 집을 가기 위해 앞장을 섰다. 용이 할머니 집을 떠난 지 채 10분도 지나지 않아, 그들의 집 앞에 섰다.

붉은 벽돌로 지은 3층 높이의 빌라였다. 빌라는 꽤 오래되어 보였지만 낡은 느낌이 들지는 않았다. 그 때 등 뒤에서 헉헉거리며 '할머니'를 부르는 소리가 들렸다.

"할머니. 저기서부터 불렀는데 못 들으셨어요."

초등학생 정도로 보이는 어린 소년이었다. 짧게 자른 머리가 시원해보였고 검게 그을린 피부가 개구쟁이 분위기를 풍겼다.

"아이쿠 이게 누구야. 현우로구나. 현우네 집에 놀러가려던 참이었는데 잘 됐네."

"할머니 보고 싶었어요."

소년은 용이 할머니의 허리를 와락 끌어안았다.

부모님의 사랑을 한 몸에 받으면서 걱정거리 없이 밝게 자란 소년 같았다.

소년은 할머니를 안고 있던 팔을 풀고 뒤에 서 있던 달수에게 공손히 인사를 했다.

수줍게 웃는 모습이 어렸을 적의 석이와 어딘가 모르게 닮은 것 같아서 달수의 눈가가 촉촉이 젖어들었다. 달수는 용이할머니와 현우의 뒤를 따라 2층으로 올라갔다.

초인종을 누르자 사십대 중반으로 보이는 아주머니가 문을 열어주었다. 현우처럼 온화한 미소를 가졌지만 현우보다는 훨씬 큰 눈에 새하얀 피부를 가졌다.

아마도 현우는 아버지를 닮은 모양이다.

용이 할머니를 본 그녀의 새하얀 얼굴이 보름달보다 더 환하게 빛났다.

"어서오세요. 달수 씨가 회사 끝나고 바로 온신다기에 간단히 저녁 차려놨어요."

달수는 얼굴도 보지 못했던 자신을 위해 저녁 식사를 준비해 놓은 그녀에게 고마움을 느꼈다. 소담스럽게 차려진 저녁상을 마주하고 앉자 달수의 코끝이 시큰해졌다. 가족들과 함께 했던 저녁이 그리워졌기 때문이다.

저녁을 먹으면서 현우는 오늘 하루 동안 학교에서 있었던

일을 쉬지 않고 이야기했다.

달수는 참새처럼 재잘거리는 현우의 목소리가 은근히 신경을 건드리는 것 같았다. 현우의 어머니는 달수의 표정을 보고 짜증스러움을 감지했는지 현우에게 조용히 하라는 듯 검지를 입 가까이 가져갔다.

"손님 계시는데 식탁에서 너무 떠드는 것은 실례야. 남은 이야기는 저녁에 둘이서 하자."

현우는 어머니의 꾸지람을 듣고 입을 쌜쭉하더니 이윽고 알았다고 고개를 끄덕였다.

그제야 지끈거리던 달수의 머리가 조금씩 나아지는 것 같았다.

'애들은 시끄러워서 탈이야.' 달수는 마음속으로 중얼거리며 작게 미간을 찌푸렸다.

덕분에 조용히 저녁을 먹고 현우는 어머니의 뜻에 따라 자신의 방으로 들어갔다. 울상을 짓는 것으로 봐서는 용이 할머니와 놀지 못하는 것이 못내 서운한 모양이었다. 괜스레 달수는 현우에게 미안한 마음이 들었다.

"현우가 할머니와 놀고 싶은 것 같은데 나오라고 하세요."

"아니에요. 현우가 말이 좀 많아서 시끄럽거든요."

"나도 모처럼 우리 현우랑 도란도란 이야기를 나누고 싶은데. 공부할 게 많으면 또 모를까 그렇지 않다면 나오라고 해."

달수는 인사치레로 말한 것인데 눈치 없게도 용이 할머니가 쐐기를 박았다. 문틈으로 어른들의 이야기를 엿듣고 있던 현우가 용이 할머니의 말이 끝나기가 무섭게 문을 열고 달려 나왔다.

"나도 할머니랑 놀고 싶단 말이에요." 용이 할머니의 무릎 언저리에 자리를 틀고 앉은 현우는 식탁에서처럼 쉬지 않고 재잘거렸다. 석이가 현우처럼 시끄럽게 재잘거렸다면 달수는 큰소리로 불호령을 쳤을 것이다.

"이보게, 자신한테는 관대하면서 아이들한테는 왜 그리도 야박한가?"

용이 할머니가 미간을 찌푸리고 있는 달수를 향해 자그마한 목소리로 속삭였다. 달수는 할머니의 말뜻을 이해할 수가 없어서 한동안 고개를 할머니 쪽으로 내밀었다.

"시끄럽지만 아이들이 있어서 왁자지껄한 이 집의 풍경이 좋은가, 아니면 석이가 없어서 조용하지만 삭막한 지금 자네의 집이 좋은가?"

달수는 상관도 없는 애먼 석이 이야기를 꺼내 자신의 상처를 건드리는 용이 할머니가 야속하게 느껴졌다.

아름다운 일주일

"아이들한테 조금은 자상해지라는 이야기야. 석이가 자네가 찍힌 동영상 때문에 학교에서 주먹다짐을 한 것인데 미안하다고 사과하기는커녕 손찌검을 했으니 얼마나 서러웠겠어."

"그 얘기를 지금 왜 하세요?"

달수는 미간에 주름을 잔뜩 짓고 짜증 섞인 목소리로 퉁명을 떨었다.

"아이들은 제 부모를 보고 배운다네. 그런데도 부모들은 자신들의 잘못은 모르고 아이들만 나무라잖은가. 아이 입장에서 보면 얼마나 화가 나겠어."

"하지만 부모로서 체면이 있지 일일이 아이들한테 사과할 수는 없잖아요?"

달수도 지지 않고 목소리를 높였다.

"허허. 아직도 이해를 못하는구면. 지금처럼 작은 일에도 인상을 쓰는 자네의 모습을 보고 자랐기 때문에 석이가 학교에서 주먹다짐을 벌이는 것이야. 물론 제 아버지를 놀리는 아이들을 혼내주고 싶었겠지만 석이가 현우처럼 온화한 부모 밑에서 자랐다면 폭력이 아닌 다른 방법을 찾았을 것이라 이 말이지."

"그러면 제가 현우 어머니와 달리 폭력적이라는 말씀이세요? 말씀이 너무 지나치세요."

달수는 그동안 행복해지는 비밀을 가르쳐준 사람이 용이 할머니라는 사실을 까맣게 잊어버린 듯 무섭게 으르렁거렸다.

"아저씨 무서워요."

옆에서 조용히 듣고 있던 현우가 겁먹은 목소리로 울먹거렸다. 자신도 모르게 소리를 지르던 달수는 현우의 울먹이는 목소리를 듣고 깜짝 놀라 주변을 두리번거렸다. 현우 어머니도 놀랐는지 하얀 얼굴이 더 새하얗게 질려 있었다. 지금도 용이 할머니가 야속하지만 사소한 일에 언성부터 높인 자신이 부끄럽게 느껴졌다.

"죄송해요. 저도 모르게 실수를 했어요."

"괜찮다네. 방금 자네는 또 한 계단 발전했거든. 비록 사소한 일에 목청을 높였지만…"

달수는 늘 알쏭달쏭한 말을 하는 용이 할머니의 얼굴을 말없이 바라만 보았다.

"예전을 한 번 생각해보게. 자네가 스스로 잘못을 인정하고 사과한 적이 있는지 말이야. 하지만 지금은 우리 모두에게 바로 사과를 했잖아. 나는 그 모습을 본 것만으로도 기쁘네."

달수는 용이 할머니의 칭찬인지 꾸지람인지 애매한 말을 들

아름다운 일주일

으면서 겸연쩍게 머리를 긁적거렸다.

"할머니 말씀은 지난주에 석이를 나무라기 전에 먼저 사과를 했어야 한다는 뜻인가요? 지하철 몰상식 남으로 찍힌 사람은 바로 저니까요."

"그렇지. 그리고 석이 앞에서 자상한 아버지의 모습을 보이기 위해 노력해야 된다는 뜻이야. 아이들은 어른의 거울이거든. 백 번 천 번 말로 떠드는 것보다 한 번의 실천이 아이들에게는 훨씬 좋은 교육이 될 걸세. 그래야 자네도 행복한 가정을 만들 수 있게 되는 거야."

달수는 여전히 용이 할머니의 말뜻을 이해할 듯 말 듯 했다.

"할머니는 지금 달수 씨에게 실천이 행복해지는 비밀이라고 말씀 하시는 거예요."

두 사람의 말을 이해할 수 없었던 달수는 애꿎은 머리만 계속해서 벅벅 긁었다.

"저는 제 아이가 따뜻한 마음을 가진 아이로 자라길 바랐어요. 그래서 아이가 태어난 후에 남편과 함께 고아원에서 봉사 활동을 시작했어요. 그 모습을 보고 자라선지 아이는 제 바람보다 더 착한 아이가 되었고요. 그 가운데에서 가장 행복한 사람은 저였답니다. 누군가에게 도움이 된다는 것은 제 자신이 그 누구보다 가치 있는 사람이 된다는 뜻이니까요."

달수는 현우 어머니가 자랑하는 착한 아들 현우를 다시금 천천히 훑어보았다.

"현우는 봉사활동을 하면서 만난 아니에요. 천사처럼 우리 집에 날아와서 행복을 선물해주고 있고요."

'봉사활동이라면 혹시 고아원에서 입양했다는 뜻인가?'

달수는 눈을 가늘게 뜨고 고개를 갸웃거리며 현우 모자를 번갈아 쳐다보았다.

"입양했다는 말씀이세요?

달수는 현우가 듣지 못하도록 목소리를 최대한 낮춰 귓속말로 용이 할머니에게 물었다.

"맞아. 현우는 입양된 아이야."

용이 할머니는 달수와 맞장구를 치기는커녕 큰 소리로 입양이라는 단어를 내뱉었다.

순간적으로 깜짝 놀란 달수는 현우 모자를 번갈아보며 눈치를 살폈다.

"저도 제가 입양된 것 알아요. 예전에 엄마가 말씀해주셨어요."

해맑은 얼굴을 하고 입양이라는 단어를 말하는 현우가 과연 입양의 뜻을 알고 있는 것일까 달수는 궁금해졌다.

"입양은 절대로 부끄러운 게 아니에요. 그러니까 숨길 필요가 없는 거죠. 그리고 아이도 친부모님에 대해 알아야 할 권리가 있잖아요. 요즘은 저와 비슷한 생각을 하는 분들이 많아서 공개 입양이 늘고 있어요. 공개 입양을 한 가족들끼리 인터넷 등에 카페를 만들고 정기적으로 만나면서 어려운 일도 상의하거든요."

안절부절 못하고 어색해하는 달수에게 현우 어머니가 먼저 말을 건넸다.

"고아원에서 10개월 된 현우를 보고 말로 표현할 수 없는 운명 같은 것을 느꼈어요. 헤어질 때면 어찌나 서럽게 울던지 현우를 두고 도저히 고아원을 나올 수가 없는 거예요. 그 때 큰 애가 다섯 살이었는데 집에 오면, 동생을 두고 왔다고 심통을 부리지 뭐예요."

현우의 어머니는 그 옛날 현우의 모습이 떠올랐는지 어느새 눈시울이 붉어졌다.

"그 때 현우를 데려오고 싶다고 생각만 하고 실천에 옮기지 못했다면 지금처럼 행복할 수 없었겠죠. 실천이 왜 행복해지는 비밀인지 이제 알겠죠."

달수는 아리송한 현우 어머니의 말을 들으면서 실천이라는 단어의 뜻을 되짚어 보았다.

"이보게 달수. 그렇다면 자네는 행복해지기 위해 무엇을 실천해야 되겠는가?"

옆에서 조용히 듣고 있던 용이 할머니가 달수에게 물었다. 달수는 용이 할머니의 질문에 대답하기 위해 생각에 잠겼지만, 이렇다할 생각이 떠오르지 않았다.

"내가 이유 없이 자네를 이곳으로 데려오지는 않았을 테니 조금 전 현우네 가족의 이야기를 떠올리며 해답을 찾아보게. 그러면 자네는 지금보다 훨씬 더 행복해질 걸세."

달수는 이리저리 머리를 굴러보았다. 현우네 이야기라면 혹시 나에게 입양을 하라고 말하는 건가? 아니면 고아원에 봉사활동을 하라고. 하지만 봉사하는 마음은 이미 부영이 할아버지한테 배웠는데…. 한 참을 생각하던 달수는 현우의 어머니처럼 훌륭한 아버지가 돼야 행복한 가족을 만들 수 있을 것 같다고 말했다.

"그렇지. 그렇다면 어떻게 해야 자네가 훌륭한 아버지가 될 수 있겠는가?"

"그야 현우 어머니처럼 봉사활동을 하면서 남에게 베풀고

아름다운 일주일

살아야 하는 것 아닐까요."

"그러니까 남에게 베풀면서 살기 위해서는 무엇을 갖춰야 하느냐 말일세."

달수는 오늘따라 유난히 꼬치꼬치 묻는 용이 할머니 때문에 부끄럽고 겸연쩍어서 얼굴을 붉혔다. 그 모습을 보고 현우의 어머니가 빙그레 웃으며 입을 열었다.

"할머니, 제가 맞춰볼게요. 방금 전에도 말했지만 훌륭한 아빠가 되려면 실천하는 의지가 있어야 돼요. 봉사활동을 해야지 마음만 먹고 실천에 옮기지 않는다면 아무것도 하지 않은 것과 같잖아요. 현우를 처음 봤을 때도 예쁘다고만 생각하고 선뜻 내 가족으로 받아들이지 못했다면 우리 가족은 지금의 행복을 누리지 못했을 거고요."

"정답이야. 행복은 생각했던 것을 실천에 옮길 때 완성된다네."

두 사람의 이야기를 듣다보니 짙은 안개가 낀 듯 뿌옇던 달수의 가슴이 화창하게 게이는 것 같았다. 행복한 가정을 만들려면 부모가 먼저 선한 행동을 실천에 옮겨야 한다.

뿐만 아니라 마음먹은 것을 바로바로 실천에 옮길 때 성공할 수 있고, 행복할 수 있다.

달수는 조금 전 떠오른 생각을 적기 위해 서둘러 희망 수첩을 꺼냈다. 지체하다 보면 행복해지는 비밀이 나비처럼 잡을 수 없는 먼 곳으로 날아가 버릴 것만 같았다.

행복해지려면 생각한 것을 즉시 실천에 옮기는 의지가 필요하다.

"그러고 보니 정말 맞네요. 지난주에도 석이한테 미안한 마음을 가졌는데도 오히려 화를 냈어요. 생각만 하지 말고 당장 달려가서 가족에게 미안하다고 그리고 사랑한다고 말해야겠어."

"그렇지. 어떤 일이든 머릿속으로 생각만 하는 사람은 절대 행복해 질 수 없다네. 실천을 하지 않으면 머릿속에서 빙빙 돌던 생각이 현실로 이루어지지 않거든."

달수가 행복해지는 비밀을 깨닫자 용이 할머니도 덩달아 신바람이 나서 목소리가 들떴다.

"제가 10여 년 전에 현우를 데려오고 싶다고 말했더니 용이 할머니께서 이렇게 말해주셨어요. '그렇다면 지금 당장 달려가서 현우를 데려오면 될 것 아닌가. 머릿속으로 생각만 하다

보면 천사가 다른 집으로 날아가 버릴지도 모른다네' 라고 말이에요.

말씀을 듣고 보니 정말로 현우가 다른 집으로 날아갈까 봐 겁이 나는 거예요. 그래서 생각을 실천에 옮기는 순간 꿈꾸었던 행복이 내 손 안에 있다는 것을 알게 되었어요."

"자네는 이미 오늘 내가 가르쳐 준 비밀을 알고 있었네. 화요일에도 직장을 구하고 싶다는 생각을 현실로 만들기 위해 바로 사장님을 찾아갔고, 수요일에도 부모님께 달려가서 사죄의 인사를 드렸잖은가. 목요일에도 늦은 시간에 아내를 찾아갔고 말이야. 다만 실천이 행복해지는 비밀이라는 사실만 모르고 있었던 거야."

용이 할머니의 말을 듣다보니 달수의 입가에 미소가 번졌다. 할머니의 말처럼 행복해지는 비밀을 배우고 있었던 이번 주에는 생각한 것을 모두 실천에 옮겼기 때문이었다.

하지만 지난주에는, 그 보다 더 지난주에는 머릿속에 있던 생각을 실천에 옮긴 적이 별로 없었다. 그 이유는 귀찮고 자존심 상하고, 또 화나고 짜증났기 때문이다.

"모두가 할머니 덕분이에요. 할머니를 만나기 전에는 희망이 없었어요. 그래서 성실히 일하지도 않았고 감사할 줄도 몰랐던 거죠. 희생이니 배려니 하는 단어도 나와 상관없는 것이라고 여겼어요. 게을러서 생각했던 것을 실천에 옮기지도 않았고요. 행복해지는 비밀은 하나하나 다른 것이라고 생각했는데 지금에 와서 보니 서로서로 연결되어 있었어요. 그 중에서 하나라도 빠지면 연결 고리가 끊어질 테니 행복할 수 없게 되는 거죠."

흥분된 어조로 말하는 달수의 눈동자가 반짝반짝 빛났다. 그런 모습을 지켜보는 것이 용이 할머니에게는 큰 행복이었다.

"행복해지는 비밀이 뭐예요."

현우가 고개를 갸웃거리며 입을 오리처럼 쭉 내밀었다.

"아저씨는 현우보다 어리석어서 행복해지는 비밀을 모르고 있었어. 그래서 늘 불행했단다. 하지만 너는 행복해지는 비밀을 이미 알고 있고, 그렇기 때문에 더 이상 너에게 그 비밀은 비밀이 아니라 일상이 된 거란다."

달수가 현우의 머리를 쓰다듬었다.

"무슨 말인지 모르겠지만 행복해지는 비밀이라고 하니까 궁금해요. 가르쳐주세요."

"숙제를 해야지라고 생각만하지 말고 빨리 숙제를 하는 것이 행복해지는 비밀이야."

현우 어머니가 현우에게 방으로 들어가라며 손짓을 했다.

현우는 입을 삐죽거리며 달수의 희망 수첩에 적힌 글귀를 곁눈질로 흘깃거리며 읽었다. 겨우겨우 다 읽고 나자 신바람이 난 현우는 자신의 방으로 뛰어 들어가서 공책 한권을 가지고 나왔다. 그리고 그 안에 달수가 적은 문장을 그대로 옮겨 적었다.

"이게 행복해지는 비밀이라는 거죠. 좀 시시한 것 같지만 그래도 적어놔야지."

"생각한 것을 바로 실천에 옮기는 것은 생각만큼 쉬운 일이 아니야. 하지만 그 결과는 반드시 자네에게 행복을 선물해 준다네. 그러니 현우도 그날그날 생각한 것을 꼭 실천하는 습관을 갖도록 해. 그래야 이 다음에 훌륭한 어른이 될 수 있으니까."

용이 할머니가 확신에 찬 미소를 지으며 달수와 현우에게 나지막이 속삭였다.

행복해지려면
지금 당장 실천하세요.

　　　　　달수는 헐레벌떡 뛰어서 아내와 석이가 있는 외가로 달려갔다.

　며칠 사이에 장인 장모의 얼굴에는 주름이 짙어졌다. 아마도 부부싸움을 하고 집을 나온 딸과 손자 걱정에 한 숨도 제대로 자지 못한 모양이다. 그 모습이 달수의 가슴을 더욱 아프게 만들었다.

　장인 장모는 현관문을 열고 들어오는 달수를 못마땅한 표정으로 바라보며 혀를 찼다. 예전 같았으면 장인 장모의 한숨 소리만 들어도 마음속으로 불같이 화를 냈을 텐데, 자신의 어리

아름다운 일주일

석음을 뼈저리게 깨달은 지금은 그저 죄송한 마음뿐이었다. 달수는 그 자리에서 무릎을 꿇고 장인 장모님께 잘못을 빌었다.

"제가 어리석어서 부모님들께 실망만 안겨 드리고 아내와 석이에게도 못난 모습만 보여주었어요. 죄송해요."

서슬이 퍼렇던 장인은 달수의 변한 모습에 의아해하며 한 발자국 뒤로 물러섰다.

"일어나게. 석이도 있는데 이런 모습을 보이면 쓰겠나. 자네가 진심으로 반성한다면 나도 더 이상 자네를 나무랄 생각이 없네."

달수는 생각보다 쉽게 자신을 용서해주는 장인을 보며 진심은 언제나 통한다는 단순한 진리를 다시금 깨달았다. 고개를 들고 보니 눈물이 글썽글썽 맺힌 석이의 얼굴이 보였다.

그 사이 석이도 몰라보게 초췌해 있었다. 학교에서 놀림 받고 또 먼 거리를 통학하려니 힘이 든 모양이었다.

"석아. 못난 아빠를 용서해줘. 학교에서 싸움이 난 것도 모두 내 잘못인데, 무턱대고 소리부터 질렀으니 정말 미안하구나."

달수는 석이를 품에 꼭 끌어안았다. 품에 안긴 석이는 달수가 생각했던 것보다 훨씬 컸다. '아니. 이 녀석에 언제 이렇게

큰 거야. 그동안 얼마나 무심했으면 아들 녀석이 이렇게 자란 것도 모르고 있었던 걸까.'

소리만 꽥꽥 질러대던 자신의 지난 모습이 주마등처럼 달수의 머릿속을 스쳐지나갔다.

어렸을 때 자신 역시 그런 아버지를 보며 힘들어했는데, 석이에게 똑같은 실수를 되풀이하다니, 하지만 이제라도 잘못을 깨달았으니 다행이었다.

달수의 품에 안긴 석이는 갑작스럽게 변한 아버지의 모습이 당황스러웠는지 이렇다할 말을 하지 못하고 눈동자만 껌뻑거렸다.

"엊그제도 느꼈지만 당신이 변하고 있는 것 같아요."

눈물을 닦으며 서 있던 아내가 달수에게 다가와 어깨를 다독거렸다.

"응. 그동안 나는 어리석은 바보였어. 그래서 행복이 가까이 있는데도 그 사실을 미처 깨닫지 못하고 불평불만을 늘어놓았던 거야. 하지만 이제 내 가까이에 있는 행복을 볼 수 있고 만질 수도 있어. 앞으로는 그 행복들을 더 아름답게 가꾸기 위해 노력할 거야.

그러니 여보. 한번만 더 나에게 기회를 줘. 당신에게 좋은 남편이 되고 석이에게 좋은 아버지가 되고 싶어. 물론 부모님께도 좋은 사위가 되고 싶어요."

달수는 아내와 석이를 와락 끌어안으며 엉엉 소리 내어 울었다. 그 모습이 마치 어린아이 같아 보였겠지만 흐르는 눈물을 주체할 수가 없었다.

"그래요. 나도 더 좋은 아내가 되기 위해 노력할게요. 그러니 이제 그만 울어요."

아내가 드디어 달수를 용서해준 것이다. 달수는 마음속으로 용이 할머니에게 감사하고 또 감사했다. 하지만 달수에게는 또 한 가지 풀어야 할 숙제가 있었다.

아내와 석이에게 집에 불이 난 사실을 말하는 것이다.

'아내가 아끼는 가구가 몽땅 타버렸는데…, 석이 책상도 없는데…. 열심히 일해서 빠른 시간 안에 새로운 것으로 사준다고 말하면 용서해줄까?'

걱정을 하다보니 시간이 지날수록 가슴에서 홍두깨가 뛰어다니는 것처럼 쿵쾅거렸다.

하지만 지금 말하지 않으면 안 된다. 미룬다고 해결될 일이 아니니까.

"저기, 당신하고 석이에게 할 말이 있어. 나도 모르게 큰 잘못을 저질렀어. 물론 그건 사고였어. 일부러 그런 건 아니야. 저기 그러니까…"

달수는 선뜻 입이 떨어지지 않았다. 술을 먹다 잠이 들어서 집에 불을 냈다는 사실을 어떡케 말할 수 있단 말인가?

아내가 틀림없이 원망하겠지. 석이도 한심하다고 생각하겠지.

"무슨 일이에요. 안절부절못하지 말고 말해 봐요."

쭈뼛거리는 달수를 보고 아내가 답답한지 대답을 채근했다.

"사실은 지난 주 토요일에 집에 불이 났어. 술을 먹다 잠이 들었는지 담배꽁초에 붙은 불씨가 이불 끝자락에 붙었나봐. 순식간에 불이 번져서 당신이 아끼는 살림살이가 잿더미가 되어 버렸어. 도배는 내가 직접 했는데 돈이 없다보니 살림살이는 아직 장만하지 못했어. 정말 미안해."

달수는 부끄럽고 죄스러워서 고개를 들 수가 없었다. 타임머신이 있다면 불이 나기 전으로 되돌아가서 담배꽁초를 꼼꼼히 확인하고 싶었다.

순식간에 아내의 얼굴이 새하얗게 질렸다. 그리고 달수의 몸 이곳저곳을 훑어보았다.

"당신은 다치지 않았나요?"

아내가 고래고래 소리를 지를 줄 알았는데 뜻밖이었다.

"응. 다행이 옆집에 사는 용이 할머니가 깨워줘서 다치지는 않았어. 하지만 신고전화를 받고 출동한 119 소방관들한테 물세례를 받아서 그나마 불에 타지 않은 살림살이도 망가져 버렸어. 석아 미안하다. 네가 아끼던 책상도 못 쓰게 됐어."

석이는 자신의 옷가지며 학용품이 타 버렸다고 생각하니 속이 상해서 자신도 모르게 미간에 주름을 잡으며 인상을 썼다. 달수는 그 모습이 자신과 무척이나 닮았다는 것을 알았다. 용이 할머니의 말처럼 자신을 그대로 보고 닮은 사람은 바로 석이었다.

"살림이 아깝지만 당신이 다치지 않았으니 그것만으로도 다행이죠."

생각하지도 못했던 아내의 반응에 달수는 또 다시 눈물이 흘렀다. 그리고 자신에게 이렇게 소중한 가족이 있다는 사실에 감사했다. 세상에는 정말 감사할 일이 한도 끝도 없이 많은 모양이다.

아내는 불이 난 집에서 달수가 혼자 겪었을 고충을 생각하니 가슴이 싸했다.

"힘든 일을 겪었을 텐데 옆에 있어주지 못해서 미안해요."

"그런 소리하지 마. 내가 더 미안하잖아. 정말 미안해."

아름다운 일주일

용이 할머니의 말처럼 달수는 행복을 향해 한 걸음씩 앞으로 발을 내딛고 있었다. 독불장군처럼 자신의 잘못을 인정하기는커녕 오히려 더 소리를 질렀던 옛 모습이 사라졌으니 말이다. 달수와 아내는 오랜만에 한 마음이 되었다. 그동안 달수로 인해 점점 더 메말라가던 아내의 가슴에서 희망이라는 새 싹이 피어나고 있었다.

평화로워 보이는 부모님의 모습을 보는 석이의 마음에도 조금씩 평화가 찾아오고 있었다.

이제 더 이상 손자의 눈물과 딸의 하소연을 듣지 않아도 될 것 같았는지 오랜만에 두 노부부의 얼굴에 드리워진 짙은 주름도 옅어졌다.

생각을 실천에 옮긴 덕분에 달수는 아내에게 용서를 빌고 화해할 수 있었다. 보고 싶었던 석이도 볼 수 있었다. 그리고 무엇보다 두 사람과 함께 집으로 갈 수 있게 되었다. 가벼운 발걸음으로 집을 향하던 달수는 용이 할머니의 집 앞에서 아내와 석이를 불러 세웠다.

"여보. 일주일동안 내게 행복해지는 비밀을 가르쳐준 분이 바로 용이 할머니였어. 방에 불이 켜 있는 것을 보니 안 주무시는 모양인데 인사하고 들어가자."

달수는 용이 할머니의 대문을 가볍게 두들겼다. 그 소리에 용이 할머니가 잠옷 바람으로 문을 열었다.

"혹시 주무셨어요? 아내와 석이가 집에 돌아왔거든요. 할머니에게 제일 먼저 이 기쁜 소식을 전해드리고 싶어서 찾아왔어요."

달수의 말을 들으면서 용이 할머니는 아내와 석이의 얼굴을 번갈아 바라보았다.

"할머니 그동안 안녕하셨어요. 달수 씨가 이렇게 변할 수 있도록 도와주셔서 감사드려요."

평소에 용이 할머니와 가깝게 지냈던 아내가 공손하게 인사를 했다.

"내가 뭐 한 일이 있나, 스스로 행복해지고 싶어 하는 마음이 간절했기 때문에 변한 거라네. 그나저나 이렇게 다시 돌아와서 나도 기쁘네."

용이 할머니가 아내의 두 손을 꼭 잡고 온화한 미소로 대답해주었다.

"앞으로 살다보면 크고 작은 문제가 생기겠지만 서로 희생하고 배려하면서 문제들을 해결해 나가도록 하게. 그래야 석

아름다운 일주일

이도 심적으로 안정되지 않겠는가."

"네. 명심할게요. 걱정 끼쳐 드려서 죄송해요."

용이 할머니의 진심어린 충고에 아내가 닭똥 같은 눈물방울을 떨어뜨렸다.

"이보게 달수. 내일은 가족과 함께 우리 집으로 오게나. 자네들 모두에게 행복해지는 비밀을 가르쳐줄테니까. 아차. 그리고 자네 집에 이불이 없을 텐데, 우리 집에 와서 이불 좀 가져가게. 오랜만에 온 아내와 석이를 찬 바닥에서 자게 할 순 없지 않은가."

용이 할머니의 친절한 마음에 감동하여 달수의 가슴이 뭉클했다.

그렇지 않아도 지난주 일요일에 용이 할머니가 준 이불뿐이라서 걱정했었는데 다행이었다.

"매번 신세만 지고 죄송해요."

달수의 눈가가 어느새 촉촉이 젖어 있었다.

"이 사람아. 이럴 때는 그냥 '감사합니다' 라고 말하면 되는 걸세."

용이 할머니의 호탕한 웃음소리에 세 식구도 덩달아 깔깔거리며 웃었다. 용이 할머니에게 이불과 가재도구를 받아서 집으로 돌아온 달수는 텅 빈 집안을 보자 다시금 가족에게 미안한 마음이 들었다.

"정말 미안해. 내가 실수를 하는 바람에…."

"그런 말 하지 말아요. 당신이 다치지 않은 것만도 다행이죠. 그나저나 집에 오는 길에 꽃가게 들리기에 웬 일인가 했더니 집에도 장미꽃이 있네요."

꽃병 안에 탐스럽게 핀 장미꽃 6송이를 보며 아내가 물었다.

달수는 장미꽃을 사게 된 이유와 행복한 일주일을 보내는 방법을 아내에게 천천히 설명해주었다.

"그렇군요. 당신 말대로라면 장미꽃이 6송이니까 이번 주 내내 행복했겠네요."

"맞아. 월요일에는 희망의 중요성을 배웠으니까. 화요일에는 성실해야 되는 이유를, 수요일에는 감사하는 방법을, 목요일에는 희생의 의미를, 금요일에는 배려가 주는 즐거움을 그리고 토요일에는 실천의 소중함을 알게 됐잖아."

아내는 달수의 이야기를 들으며 계속해서 고개를 끄덕였다.

"이제 나도 행복해질 것 같아요. 내일 용이 할머니에게 마지막 비밀을 배운다면 우리 집에는 항상 아름다운 장미꽃이 만발하겠군요."

아름다운 일주일

"그래. 내일 당신에게 내가 일주일간 느낀 행복을 이 장미꽃과 함께 선물할게."

"고마워요. 그리고 사랑해요. 저도 행복해지기 위해 이 말을 머릿속으로 생각만하지 않고 직접 말해봤어요."

"나도 사랑해. 머릿속에서 아무리 사랑한다고 말해도 당신은 듣지 못할 테니까 나도 고백하는 거야. 그러고 보니 사랑도 실천할 때 이루어지는 거였어."

오랜만에 두 사람은 서로에 대한 깊은 사랑을 확인하며 행복한 밤을 보낼 수 있었다.

하늘에는 보름달이 환하게 빛났고 집안에는 장미꽃들이 활짝 피어나고 있었다.

제7장_ 하늘이 준 특별한 선물.. 실천

08
—

내 영혼의 등불
믿음

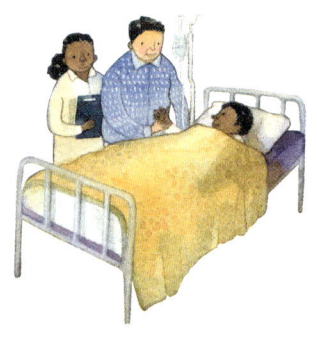

수단의 희망, 이태석 신부님

　　가족들과 함께 잠자리에 들어서 인지 달수는 밤새도록 달콤한 꿈을 꾸었다. 눈을 뜨니 아침 햇살이 눈부시게 비쳤다. 마치 반짝이는 다이아몬드가 방으로 쏟아지는 것 같은 착각이 들었다.

　'다이아몬드가 제 아무리 빛난다고 해도 아침햇살처럼 아름답게 반짝이지는 못을 거야.'

　달수는 사랑하는 아내와 소중한 아들이 있는 지금 이순간이 자신에게 주어진 최고의 순간이며 선물이라고 생각했다.

　부지런한 아내는 달수보다 먼저 일어났는지 자리에 없었다.

아름다운 일주일

하지만 아내가 일어난 자리에서는 여전히 아내의 향기가 남아 있었다. 다시금 달수는 행복에 겨워 미소를 지었다.

힘껏 기지개를 펴고 자리에서 일어나 부엌으로 나갔다. 아내는 작은 가스버너 하나로 분주하게 아침 식사를 만들고 있었다. 마치 도깨비 방망이라도 가지고 있는 것처럼 아내의 손이 닿으면 '뚝딱' 하고 맛있는 음식들이 만들어졌다.

"일어났어요. 그럼 이것 좀 도와줘요. 아침 식사에 용이 할머니를 초대했거든요."

아내가 생긋 웃으며 달수에게 콩나물을 건넸다.

"늘 느끼지만 할머니는 참 부지런해요.. 조금 전에도 콩나물을 사오는데 폐지를 하나 가득 주워서 오시더라고요. 본받을 게 많은 분이에요."

"응. 당신 말대로야. 배울게 많은 분이야. 용이 할머니를 만난 건 큰 행운이야."

달수가 콩나물을 다듬으며 흐뭇한 미소를 지었다.

"당신뿐만 아니라 우리가족 모두에게 행운이죠. 그 분 덕분에 우리가족이 행복한 아침을 함께 맞이하게 됐잖아요."

행복한 미소를 지으며 오랜만에 도란도란 이야기를 나누는 부부의 모습이 아침 햇살처럼 반짝거렸다. 그들의 웃음소리에 잠이 깼는지 석이가 졸린 눈을 비비며 부엌으로 나왔다.

"아침부터 집안에서 웃음소리가 들리니까 기분이 좋아요. 예전에는 매일 둘이서 싸우시는 통에 머리가 아팠거든요."

석이가 능청스럽게 웃으며 뼈 있는 농담을 던졌다. 달수가 석이의 머리를 쓰다듬어주면서 지난날 자신의 잘못을 다시 한 번 사과했다. 예전 같았으면 버릇없다고 불호령을 쳤을 텐데, 석이는 아버지의 변한 모습이 마냥 신기했다. 하지만 혹시나 꿈이 아닌가 싶어서 눈을 세게 문질렀다가 다시 떴다. 석이는 마음속으로 이 행복이 영원하길 간절히 바라며 욕실로 들어갔다. 식사가 차려진 후 석이는 용이 할머니 집으로 달려갔다.

"할머니 저희랑 같이 식사해요."

방에 앉아서 기도를 하고 있던 용이 할머니가 석이를 보자 반갑게 웃으며 자리에서 일어났다.

"그러자꾸나. 그렇지 않아도 오늘따라 유난히 배가 고팠는데 하느님께서 맛있는 아침 식사를 선물로 내려주셨나 보구나."

석이는 할머니의 이야기를 들으면서 고개를 갸웃거렸다. 아침 식사는 하느님이 아니라 어머니가 만들었는데….

아내는 용이 할머니가 빌려준 그릇과 동그란 상에 생선 조림과 김치찌개, 콩나물 무침을 정성껏 만들어서 올려놓았다.

"그동안 감사한 게 너무 많아요. 차린 건 없지만 많이 드세요."

밥그릇에 흰쌀밥을 가득 담아 할머니에게 건네는 어머니를 보며 석이는 또 한번 생각했다.

'저것 봐. 아침 식사는 어머니가 선물하는 건데.'

입을 쌜쭉거리는 석이를 보자 달수가 궁금한 듯 그 이유를 물었다. 석이는 이야기를 해야 될지 말아야 될지 몇 초간 망설였다.

"할머니가 조금 전에 아침 식사를 선물한 하느님께 감사한다고 해서요. 아침 식사는 어머니가 준비하셨는데 왜 하느님께 감사하는 거죠?"

석이가 용이 할머니와 어머니를 번갈아 보며 어렵사리 입을 열었다. 이야기를 들은 달수도 석이에게 무슨 말을 해줘야 될지 몰라서 용이 할머니와 석이 그리고 아내를 번갈아 쳐다보았다.

"내가 하느님께 감사하는 이유가 바로 행복해지는 마지막 비밀이란다."

용이 할머니는 알쏭달쏭한 말만 내뱉고 더 이상 설명을 하

지 않았다. 행복해지는 마지막 비밀이라는 말에 달수의 궁금
증은 커져만 갔다. 달수의 마음을 읽기라도 한 듯 용이 할머니
가 다시금 천천히 입을 열었다.

"식사가 끝나면 여기 있는 사람들 모두 나와 함께 갈 곳이
있다네. 거기에 가면 달수 자네가 궁금해 하던 마지막 비밀과
석이가 궁금해 했던 것을 함께 알 수 있을 걸세."

"여보. 비밀이 아무리 궁금해도 지금은 식사 시간이에요.
할머니는 새벽부터 일하셔서 우리보다 더 배가 고프실 테니까
식사 시간만큼은 할머니를 귀찮게 하지 말아요."

아내가 석이와 달수에게 눈을 흘기며 나무랐다. 아내의 말
을 듣고 보니 달수도 용이 할머니에게 미안한 마음이 들었다.

"까마귀 고기를 먹은 것도 아닌데 제가 또 배려를 잊어버렸
어요."

머쓱해 하는 달수를 향해 용이 할머니가 온화하게 웃어주었
다. 그리고 기도를 하기 위해 두 눈을 감았다. 달수는 용이 할
머니와 함께 식사를 하면서 할머니가 식사 전에 항상 기도를
한다는 것을 알았다.

"맛있는 아침 식사 고마웠어. 자. 그럼 이제 슬슬 마지막 비

밀을 배우러 가야지. 그 전에 나는 집에 가서 준비할 것이 좀 있으니까 10분 뒤에 우리 집 앞에서 보자고."

식사를 마친 용이 할머니가 손목시계를 보며 자리에서 일어났다.

할머니가 나간 후 달수와 아내도 간단히 부엌을 정리한 후 석이와 함께 밖으로 나갔다.

푸른 하늘이 아찔할 정도로 아름답다고 달수는 생각했다.

문득 하늘을 올려다 본 기억이 언제였는지 가물가물했다. 며칠 전 용이 할머니와 밤하늘을 함께 보았지만…. 힘들고 지칠 때 하늘만 올려다봐도 마음에 여유가 생겨나고 기분이 좋아지는데, 미처 그 사실을 알지 못했었다. 지금이라도 하늘이 얼마나 아름다운지 알았으니 다행이었다. 잠시 후 할머니가 작은 가방을 어깨에 메고 나왔다.

"다 같이 성당에 미사를 보러가자고. 오늘은 우리 성당에 특별한 신부님이 오시거든. 그 분이 자네에게 행복해지는 비밀을 가르쳐줄 거야."

성당을 가자는 말에 아내가 손뼉을 치며 좋아했다.

"좋아요. 가끔 성당에 가보고 싶었는데 선뜻 발길이 닿지 않았거든요."

석이는 즐거워하는 어머니의 얼굴을 보는 것만으로도 기분이 좋아졌다.

네 사람은 20여분 정도 걸어서 성당에 도착했다. 성당 입구에는 '수단의 희망, 이태석 신부님 환영합니다' 라고 적힌 커다란 플랜카드가 걸려 있었다.

태어나서 처음으로 성당에 들어온 달수는 왠지 모를 편안함이 느껴졌다. 자리에 앉자 용이 할머니는 작은 가방 안에 들어 있던 성경책 한권을 달수네 가족에게 건네고 눈처럼 하얀 미사포를 머리에 썼다.

그 모습이 마치 하늘에서 내려온 천사처럼 순수하고 고결해 보였다. 사람들이 하나둘씩 자리에 앉았고 여자들은 용이 할머니처럼 머리에 하얀 미사포를 올려놓았다.

잠시 후 발목까지 오는 하얀 가운을 걸친 신부가 앞으로 나왔다. 신부는 간단하게 인사를 한 후 오늘 미사 일정에 대해 이야기했다.

"오늘은 우리 성당에 특별한 분이 오셨습니다. 이태석 신부님이신데 수단에서 선교활동과 의료봉사를 실천하는 분입니다."

달수는 신부의 이야기를 들으면서 조금 전 성당 입구에서

아름다운 일주일

본 플랜카드를 떠올렸다.

"이태석 신부님이 하시는 일을 궁금해 하는 분들이 많아서 미사 전에 이태석 신부님이 나오셨던 TV 프로그램을 조금 보여드리겠습니다."

신부가 말을 마치자 성당에 불이 꺼졌다. 그리고 벽면 위에 놓여 있던 스크린 위로 '한민족 리포트'라는 자막과 함께 온화해 보이는 이태석 신부의 모습이 비쳤다.

달수는 영상을 보면서 이태석 신부가 의과대학을 나왔다는 사실을 알았다.

의사가 됐으면 지금쯤 편안하게 살 수 있었을 텐데, 아프리카에서도 가장 가난한 나라인 수단에서 왜 고생을 할까? 화면에 나오는 수단 국민들은 하나같이 젓가락처럼 바싹 말라 있었다. 한 끼 식사를 먹지 못해 죽어가는 아이들이 부지기수였다. 그들의 열악한 삶을 보는 내내 달수의 가슴이 망치에 맞은 것처럼 뻐근해왔다.

하지만 수단에도 기적은 있었다. 수단 사람들 모두 자신들의 불행한 삶을 원망하지 않는 것이 바로 그 기적이었다. 그들은 자신이 살아가는 하루하루를 신이 주신 선물이라며 감사하는 마음을 잊지 않고 있었다.

제8장_ 내 영혼의 등불.. 믿음

달수는 그 모습을 보면서 가슴이 뭉클하기도 했고, 한편으로는 곤혹스럽기도 했다.

자신이 수단에서 태어났다면 살아 숨쉬는 매 시간을 원망했을 것 같았기 때문이다.

그리고 또 하나의 기적이 있었다. 그건 바로 이태석 신부였다. 안정된 의사의 길을 포기한 채 신부가 되어 나병환자들의 상처를 매만져주고, 무지한 사람들에게 글을 가르쳐주고 있으니 말이다. 뿐만 아니라 신부로서 그들의 상처받은 영혼까지 감싸주고 있었다.

솔직히 말하면 달수는 이태석 신부가 존경스러웠지만 이해는 가지 않았다.

강제로 등을 떠밀어도 가지 않을 곳을 스스로 갔으니 말이다.

상영이 끝나고 성당 안에 불이 켜졌다. 조금 전에 보았던 신부와 함께 이태석 신부의 모습이 보였다. 달수는 검게 그을린 이태석 신부의 얼굴을 뚫어져라 쳐다보았다.

수단에서 5년이 넘는 시간동안 질병과 가난에 맞서 싸웠으니 고단함이 묻어 있겠지?

하지만 그의 얼굴에는 고단한 흔적이 전혀 묻어나지 않았다. 오히려 여유 있어 보였고, 따뜻해 보였다. 달수는 그 이유를 알 것도 같고 모를 것도 같았다.

왜냐하면 그는 이미 희생과 배려를 실천하고 있었으니 행복할 테지만, 그래도 그 나라가 수단 아닌가. 가난한 것은 물론이고 언제 어디서 총알 세례를 받을지 모를 위험이 도사리는 전쟁국가 말이다.

이것저것을 고민하는 바람에 달수는 처음으로 온 성당에서 제대로 미사를 듣지 못했다. 그러나 아내는 자신과 달리 신부님의 목소리를 한 마디도 놓치지 않고 들은 모양이다.

아내의 영혼에 평화가 찾아온 것 같아 보였다.

"미사가 끝났으니 이태석 신부님과 잠깐이라도 이야기를 나눠볼까? 자네가 궁금해 하던 모든 것을 가르쳐주실 거야."

자리에서 일어난 용이 할머니의 얼굴이 지금까지 보았던 것보다 훨씬 더 환하게 빛나고 있었다. 미사를 듣고 용이 할머니의 영혼에도 평화가 찾아온 것 같았다.

'이럴 줄 알았으면 미사 시간에 좀 더 귀를 기울일걸. 나만 외톨이가 된 것 같잖아.'

입을 삐죽거리며 혼잣말을 한 달수도 용이 할머니를 따라 앞으로 나갔다.

"신부님 안녕하셨어요."

용이 할머니가 어린 아이처럼 공손하게 이태석 신부에게 인사했다. 달수네 가족도 용이 할머니를 따라서 공손하게 인사를 했다.

"마리아 자매님 안녕하셨어요."

이태석 신부가 용이 할머니의 손을 잡으며 반가워했다. 그리고 고개를 들어 달수네 가족에게도 따뜻하게 인사를 해주었다.

"영상을 보는 내내 가슴이 뭉클했어요. 하지만 궁금한 게 있어요. 어떻게 하면 그렇게 힘든 길을 즐거운 마음으로 가실 수 있나요?"

달수는 자신의 머릿속에 가득 찼던 궁금증을 참지 못하고 물어보았다.

"가장 가난한 나라에서 뜻있는 삶을 살고 싶었어요."

"그러니까요. 대체 그럴 수 있는 힘이 무엇인가요?"

달수는 실례가 될지도 모르지만 묻지 않을 수가 없었다. 행복해지는 비밀을 알고 싶은 것도 이유였지만 그보다 더 중요한 무언가가 있는 것 같았다.

"하느님께서 저를 수단으로 이끄셨어요."

달수는 이태석 신부의 말을 이해할 수가 없었다. 하느님이라니? 보이지도 않는 존재로 인해 편안한 생활을 등지고 먼

나라 수단에서 힘들게 살다니 말도 안돼는 일이었다. 그리고 하느님의 뜻이 그것이라고 어떻게 확신할 수 있는가?

의심이 가득한 달수의 눈동자를 보고 이태석 신부가 다시 천천히 입을 열었다.

"저는 하느님이 제 삶을 올바른 곳으로 인도할 것이라는 믿음을 갖고 있어요. 달수 씨도 하느님을 만나게 된다면 제 말의 의미를 이해하게 될 거에요. 하느님은 지금 이 순간에도 달수 씨가 자신을 찾아오길 바라고 있어요."

"그럼 그 먼 곳으로 신부님을 인도하신 하느님을 원망하신 적은 없나요?"

"저는 수단에서 매일같이 희망을 만납니다. 그들은 가난하지만 누군가를 원망하지 않고 자신의 것을 나눠주는 선량한 사람들이에요. 그들의 선한 눈동자와 미소는 제 마음을 따뜻하게 만들어 준답니다. 그러니 어찌 제가 가는 길에 행복이 없겠어요."

달수는 신부님의 말 뜻을 여전히 알 것도 같고 모를 것도 같았다.

"저도 하느님을 믿어요. 그래서 매일 같이 우리 가족 모두가 행복해졌으면 좋겠다고 기도했어요. 요즘 들어 변한 남편을 보면서 하느님이 제 기도를 들어주었다는 것을 알게 됐어요."

아내가 옆에서 차분한 목소리로 나지막하게 속삭였다.

"만일 지난주처럼 계속해서 불행이 자네를 찾아온다고 가정해보게. 죽을 것만큼 괴로울 때 자네는 어떻게 할 건가?"

용이 할머니가 눈을 가늘게 뜨고 달수에게 물었다.

"글쎄요. 지난주에는 그냥 콱 죽어버렸으면 좋겠다는 생각밖에 안했는데…"

부끄러웠지만 달수는 솔직하게 대답했다.

"그렇다면 하느님이 자네를 곤경에서 반드시 구해준다고 믿었다면 자네의 생각이 어떻게 변했을 것 같은가?"

"구해준다고 믿는다면 죽을 필요는 없겠죠."

달수는 대답하다 말고 문득 머릿속에 번쩍하는 느낌이 들었다.

"바로 그거야. 믿음만 있다면 세상에는 두려울 일이 없다네. 사람이 살아가면서 어찌 시련을 겪지 않겠는가. 그럴 때마다 좌절하고 주저앉는다면 행복은커녕 낙오자가 되기 쉬어.

반대로 믿음을 갖고 기다린다면 언젠가는 반드시 문제가 해결될 거야."

용이 할머니의 목소리에 확신이 가득 담겨 있었다.

제8장_ 내 영혼의 등불.. 믿음

"하느님은 자신을 믿는 사람에게 항상 기적을 베풀어 주세요. 그래서 저는 수단에서 늘 기적을 만날 수 있답니다. 달수 씨도 하느님을 믿을 때 기적을 만날 수 있을 거예요."

"예전에 달수 자네가 내게 이렇게 사는 게 행복하냐고 물은 적이 있었지? 나는 하느님이 언제나 나를 돌봐주신다고 믿기 때문에 문제가 생겨도 좌절하지 않는다네. 믿음이란 영혼을 따뜻하게 만들어주는 등불이 돼 주거든."

"생각해 보니 저 역시 누군가한테 마음속으로 계속해서 기도했던 것 같아요. 행복하게 해달라고 말이에요. 그 기도가 하느님을 향한 거였군요."

지난날을 곰곰이 생각하던 달수가 조심스럽게 이야기를 꺼냈다.

"마음속으로 기도를 하면서 언젠가는 그 기도가 이루어질 것이라고 믿는 것, 그것이 바로 행복해지는 비밀이라네. 그 믿음을 완성시켜 주는 분은 하느님이고 말이야."

용이 할머니의 이야기를 조용히 듣고 있던 아내의 눈에서 소리 없이 눈물이 흘렀다.

"변해가는 남편을 보면서 가슴이 아팠지만 그래도 하느님이 제 기도를 들어주실 거라고 믿었어요. 그런 믿음이 없었다

아름다운 일주일

면 아마도 남편에게 다시 돌아오지 못했을 거예요."

달수는 자신에게 돌아오지 않았을지도 모른다는 아내의 말을 듣자 가슴이 철렁하고 내려앉는 것 같았다.

"믿음이란 종교에서만 나오는 단어가 아니라네. 부부 사이에도 믿음이 있어야 되고 친구 사이에도 믿음이 있어야 돼. 믿음이 깨어지는 순간 그 관계도 깨지거든."

용이 할머니가 아내의 말을 거들었다.

"저는 일주일 동안 변한 제 자신을 보면서 이건 기적이라고 생각했어요. 아내 말대로라면 하느님이 아내의 기도를 들어주신 거군요. 잘 생각해보니 맞는 말 같아요. 그동안 불평불만을 늘어놓던 제가 이렇게 변한 걸 보면요."

달수가 조금씩 믿음의 중요성을 이해하자 용이 할머니의 표정이 밝아졌다.

"종교를 갖는다는 것은 절대적으로 믿고 의지할 대상이 생긴다는 뜻이야. 그건 말이지 생각보다 훨씬 사람을 강하게 만들어 줘. 예를 들어 깊은 산속에 혼자 버려졌을 때 절대적으로 믿는 누군가가 살려줄 것이라고 믿는다면 그 자리에 주저앉아서 삶을 포기하는 대신 어딘가에 있을 마을을 찾아 열심히 달릴 수 있는 힘이 생기거든. 그게 바로 종교의 힘이야. 난 그 힘을 믿음이라고 말한다네."

달수는 용이 할머니의 말을 들으면서 깊은 산속에 버려진 자신의 모습을 상상해보았다.

"그렇군요. 살수 있다고 믿는 순간 힘이 불끈불끈 생길 것 같아요."

드디어 달수는 용이 할머니의 말을 이해하기 시작했다.

믿음이란 가시덤불에 떨어졌다고 해도 헤쳐 나갈 수 있는 힘을 만들어주는 것이다.

그 믿음 뒤에는 나의 기도를 이루어줄 절대적인 누군가가 있는 것이고.

달수는 주머니 속에 꼭꼭 넣어두었던 보물, 희망 수첩을 꺼냈다.

●기적은 믿는 자에게 이루어진다.

"나는 하느님을 믿지만 천주교 말고도 이 세상에는 수많은 종교가 있다네. 종교는 나약한 사람들에게 행복을 나눠주면서 동시에 인간다움을 선물한다네. 신을 믿는다면 벼락 맞는 게 두려워서도 나쁜 짓을 할 수 없을 테니 말이야."

아름다운 일주일

용이 할머니가 벼락이란 단어에서 어깨와 눈을 움찔거리며 장난을 쳤다.

"이제 행복해지는 비밀을 모두 자네에게 가르쳐주었네. 하루에 한 가지씩만 기억하고 실천해도 자네는 행복한 일주일을 보낼 수 있을 걸세."

"네. 할머니 말씀처럼 행복한 일주일을 살 수 있다고 믿으면서 행복해지는 비밀을 하나씩 실천할게요. 그리고 그 안에서 인간답게 살 수 있도록 하느님이 어떤 분인지 만나볼게요."

달수가 성당을 둘러보며 어깨를 으쓱거렸다.

"그럼 일요일마다 성당에 같이 다녀요. 오늘도 좋은 말씀을 많이 들어서 마음이 맑아지는 것 같았거든요."

아내가 달수의 팔짱을 끼며 반가워했다.

하느님, 기도드립니다!

성당에서 집으로 돌아온 달수는 수단 사람들의 모습이 눈에서 사라지지 않았다.

해맑은 아이들까지 기아와 질병에 시달려야 하는 이유가 무엇일까 가슴이 답답했다.

"여보, 성당에서 본 수단 아이들의 눈동자가 머릿속에서 떠나질 않아. 이태석 신부님처럼 수단으로 떠나지는 못하겠지만 그들을 위해 내가 할 수 있는 일이 없을까?"

달수의 질문에 아내도 깊게 한숨을 내쉬며 생각에 잠겼다.

"우리가 할 수 있는 일이 두 개 있어요. 하나는 기도하는 것

아름다운 일주일

이에요. 그들이 더 이상 기아와 질병 그리고 전쟁으로 고통 받지 않도록 말이에요. 믿음만 가지고 있다면 반드시 이루어질 테니까요."

확신에 찬 목소리로 아내가 말하면서 검지 손가락을 곧게 세웠다.

"두 번째는 이태석 신부님이 하시는 수단어린이 돕기 후원회에 조금씩 후원 하는 거예요."

"수단어린이 돕기 후원회라는 것도 있어?"

"그럼요. 수단어로 '여러분 안녕하세요' 라는 뜻에 치박치박 이란 후원회가 있어요. 그것뿐만 아니라 수단어린이 돕기 장학회도 있는 걸요."

달수는 아내가 그런 사실을 어떻게 알았는지 궁금했다.

"사실 몇 해 전에 이태석 신부님이 나온 방송을 봤어요. 인터넷에서 신부님의 뜻을 따라 수단 어린이를 돕는 카페가 있다는 것도 알았고요. 오늘 용이 할머니 덕분에 처음으로 간 성당에서 이태석 신부님을 만나다니, 하느님은 우리의 기도를 항상 듣고 계시나 봐요."

기분이 들떴는지 아내의 두 뺨이 발그스름하게 변했다. 달수는 그런 아내의 모습이 아름답다고 생각했다.

"그럼 우리도 치박치박이란 후원회에 조금씩 후원을 해 볼까? 행복해지는 비밀 중에 희생과 배려가 있으니 말이야. 이렇게 말만하지 말고 지금 당장 실천하자."

달수는 실천의 중요성을 기억해내고 치박치박에 후원하는 방법을 알아보았다. 그리고 적은 돈이지만 후원 계좌에 입금을 했다. 후원을 하고 나니까 마음이 따뜻해지는 것 같았다.

수단 어린이들의 커다란 눈망울이 초롱초롱 반짝이는 모습을 상상하니 절로 웃음이 흘러나왔다. 용이 할머니의 말처럼 행복해지는 비밀은 멀리 있는 것이 아니었다. 비록 집안의 모든 살림살이는 불에 타서 재가 되었지만 달수는 세상에서 가장 부자가 된 것처럼 마음이 풍요로웠다.

"여보. 이제는 기도해요. 수단 아이들이 더 이상 고통 받지 않도록 말이에요."

달수는 아내를 따라 두 손을 모으고 눈을 감았다. 처음에는 어색해서 무슨 말을 해야 좋을지 몰라 우왕좌왕하던 달수도 시간이 지나자 의외로 할말이 많이 생각났다.

수단 아이들을 위해 기도했고, 자신을 변화시켜 준 것에 대한 감사의 인사도 했다. 그리고 앞으로 행복해지는 비밀을 잊지 않고 매일매일 실천할 수 있게 해달라고도 기도했다.

아름다운 일주일

이 모든 기도를 하느님이 이루어줄 것이라고 믿자 든든한 후원자가 생긴 것처럼 어깨에 힘이 가득 들어갔다.

신기한 일이었다. 말로만 듣고 있을 때는 알쏭달쏭했지만 직접 눈을 감고 기도를 하니 선명하게 믿음의 중요성을 알 수 있었다.

'기도도 생각으로만 그치지 말고 실천에 옮길 때 더 효과적이구나! 행복해지는 비밀은 하나같이 모두 연결되어 있어.

저녁을 먹고 달수는 밖으로 나왔다.

가족들과 함께 식사를 하고 성당에 가서 기도도 했으니까, 오늘 하루도 행복한 하루를 보낸 것이다. 그러니 당연히 장미 한 송이를 살 수 있다. 달수는 즐거운 기분으로 장미 한 송이를 사서 집으로 돌아왔다. 그리고 화병에 꽂힌 장미를 보았다.

탐스러운 장미 7송이. 월요일부터 일요일까지 매일매일 행복한 하루하루를 보냈다고 생각하니 장미꽃을 보는 것만으로도 기분이 좋아졌다. 달수에게 있어 이번 주는 행복한 일만 가득했던 아름다운 일주일이었다.

달수는 장미 7송이를 깨끗한 비닐에 정성껏 포장해서 아내에게 선물해주었다.

"장미꽃과 함께 일주일 동안 내가 느낀 행복을 당신에게 선물하고 싶어. 당신도 앞으로는 행복한 하루하루를 보냈으면 좋겠어. 내가 그럴 수 있도록 노력할게."

달수의 사랑이 담긴 선물을 받은 아내는 금방이라도 울 것 같은 얼굴을 했다.

"고마워요. 나도 당신이 행복한 일주일을 보낼 수 있도록 노력할게요."

아내는 두 손을 벌려 달수의 허리를 꼭 안았다.

'하느님 감사합니다. 앞으로도 저희 가족이 모두 행복할 수 있도록 도와주세요.'

두 눈을 감고 하느님께 기도하는 아내의 뺨 위로 감동의 눈물이 흘러 내렸다.

달수는 아내에게서 향긋한 꽃향기가 난다고 생각했다.

아름다운 일주일

09

—

일주일동안 행복해지는
신비한 비밀

일주일 동안 행복해지는
신비한 비밀

늦은 저녁 달수는 희망 수첩을 꺼냈다.

'이 수첩에는 행복의 문을 여는 비밀의 열쇠가 들어 있어. 힘들고 지칠 때 여기에 적힌 일곱 가지 비밀을 기억한다면 어떤 시련 속에서도 행복한 하루를 보낼 수 있을 거야.'

혼잣말을 한 후, 달수는 내일 회사에서 발표할 내용을 정리하기 위해 수첩에 적힌 글귀를 큰 소리로 읽어 내려갔다.

희망 수첩

• 희망을 갖는다면 그 순간부터 행복해질 수 있다.

아름다운 일주일

- 지나간 시간을 되돌릴 수는 없지만, 성실히 임한다면 잃어버렸던 소중한 것을 빠른 시간 에 되찾을 수 있다.
- 감사하는 마음을 간직한다면 고독하지 않은 행복한 하루를 보낼 수 있다.
- 사랑을 지키기 위해서는 즐거운 마음으로 자신을 희생한다.
- 작은 배려를 잊지 않을 때 그도, 나도 행복해질 수 있다.
- 행복해지려면 생각한 것을 즉시 실천에 옮기는 의지가 필요하다.
- 기적은 믿는 자에게 이루어진다.

달수는 수첩에 적힌 글귀를 머리와 가슴 속에 깊이 새겼다. 그리고 용이 할머니의 말을 다시금 떠올려 보았다. 행복해지는 비밀은 멀리 있는 것이 아니라 앞에 있지만 우리는 그 비밀들을 커다란 자루에 담아서 깊은 동굴 속에 꼭꼭 숨겨버린다.

비밀이 담긴 자루를 동굴 속에 숨긴 사람은 다름 아닌 자신인데 그 사실조차 기억하지 못하고 다른 사람들의 행복만 질투하면서 말이다.

할머니의 말처럼 희망, 성실, 감사, 희생, 배려, 실천 그리고 믿음은 우리가 알고 있는 단어들이다. 그렇지만 우리는 어느 순간 그 단어들의 의미를 까맣게 잊어버린다.

그리고 쉽게 희망을 포기하고 성실하지 않은 하루를 보낸다. 감사할 줄 모르고 남을 위해 희생과 배려하는 것도 꺼린다. 해야 할 일도 머릿속에서만 맴맴 돌 뿐 실천하려 들지 않고 스스로 행복해질 수 있다는 믿음조차 없다.

그 누구도 아닌 바로 달수 자신의 이야기였다. 하지만 이제 달수는 달라졌다.

월요일 아침 눈을 뜨는 순간 희망을 가질 것이고, 성실한 하루를 보낼 것이다. 부모님과 가족 그리고 작은 일에도 감사하는 지혜를 통해 고독하지 않은 하루를 보낼 것이다.

사랑하는 사람을 위해 스스로를 희생할 것이고, 도움이 필요한 사람들을 위해 작은 배려를 실천할 것이다. 끝으로 이 모든 것을 늘 기억할 것이고, 그로인해 행복한 일주일을 보낼 수 있다는 믿음을 가질 것이다.

이런 생각들을 하자 달수의 입가에는 저절로 미소가 번졌다.

내일 회사에서 이 이야기를 하면 동료들이 어떤 반응을 보일까 자못 궁금해졌다.

아마도 사장님은 박수를 치며 좋아할 것이다. 하지만 달수

아름다운 일주일

는 누구보다 박 씨가 행복해졌으면 하는 바람을 가졌다.

박 씨를 보고 있으면 지난 날 어리석었던 자신의 모습이 보이기 때문이다. 박 씨도 행복해지는 비밀을 자루 속에 담아서 깊은 곳에 숨겨 놓고, 그 사실조차 까맣게 잊고 있다. 박 씨가 행복해지는 비밀이 담긴 자루를 찾지 못한다면 달수 자신이 찾아서 선물하면 된다. 용이 할머니처럼 말이다.

그러면 박 씨도 더 이상 회사에서 짜증을 부리고 승객들과 시비가 붙어서 싸움을 벌이는 일도 없어질 것이다. 생각만 해도 가슴이 설레였다. 달수는 희망 수첩에 적힌 내용을 직원 수만큼 종이 위에 옮겨 적었다. 스무 장이 넘게 옮겨 적으려니 팔이 뻐근해왔지만 기분만큼은 하늘을 나는 것처럼 즐거웠다.

"이 노트를 주머니 속에 넣고 다닌다면 행복해지는 비밀을 잊어버려서 불행해지는 일은 절대로 없을 거야. 모두들 행복한 하루, 한달 그리고 평생을 살게 되겠지."

달수는 용이 할머니가 자신에게 왜 행복해지는 비밀을 가르쳐주었는지 이제야 알았다.

"나로 인해 상대방이 행복해지는 모습을 보는 것만으로도 내가 행복해지는 구나."

달수는 출근 시간보다 30분 일찍 회사에 도착했다. 그동안 지각을 하느라 한 번도 하지 못했던 사무실 청소를 하기 위해서였다. 자신이 가장 먼저 출근을 했을 것이라고 생각했는데 의외로 사무실 문이 활짝 열려 있었다.

사무실 안을 살짝 들여다 본 달수는 깜짝 놀랐다. 사무실에서 분주하게 청소를 하고 있었던 사람은 다름 아닌 사장님이었다.

"지각 대장 고달수가 이렇게 이른 시간에 어쩐 일인가?"

사장님이 이마에 흐른 땀방울을 닦으며 달수를 향해 웃었다.

"청소 좀 하려고 일찍 나왔어요. 그런데 사장님이 왜 청소를 하고 계시는 거예요?" 달수는 그동안 동료들 중 부지런한 누군가가 먼저 나와서 사무실 청소를 한다고 짐작했었다.

"10년 동안 사무실 청소는 줄 곧 내가 했는데. 항상 지각을 하니까 자네만 모르고 있었던 거야."

달수는 10년 가까이 그 사실을 몰랐던 자신이 부끄러웠다.

"자네는 내가 푹신푹신 한 의자에 앉아서 편하게 논다고 생각했나본데 틀렸어. 난 성공의 다른 이름은 성실이라고 생각하네. 내가 불성실하면서 직원들한테만 성실해야 된다고 말하면 누가 내 말을 따르겠는가. 그리고 월요일 아침에 출근했을

아름다운 일주일

때 깨끗한 사무실을 보면 자네들도 기분이 좋아질 것 아닌가. 나는 자네들이 활기찬 한 주를 시작했으면 하는 바람에서 청소를 하는 것이라네."

달수는 그동안 사장님을 부러워만 했는데 이제 보니 사장님의 성공은 스스로의 노력으로 이루어낸 것이었다. 또한 직원들에게 희생과 배려를 실천하고 있었다.

"멍하니 서 있지 말고 청소를 하러 왔으면 빗자루를 들고 이리 오게."

달수는 사장님을 도와 사무실이 반짝거릴 때까지 쓸고 닦았다. 출근 시간이 가까이 오자 하나 둘 씩 동료들이 사무실 안으로 들어왔다. 하지만 박 씨의 모습은 여전히 보이지 않았다.

달수는 동료들을 설득해서 박 씨가 온 후에 행복의 비밀에 대해 말하기로 결정했다.

30여분이 지나자 박 씨가 투덜거리며 사무실로 들어왔다.

달수는 박 씨에게 투덜거리는 이유를 물었다. 느닷없는 질문에 박 씨는 몇 초간 말없이 달수를 쳐다보았다. 박 씨의 눈에는 짜증이 가득 담겨 있었다.

"예전에는 저도 늘 짜증이 나고 화가 났어요. 구체적인 이유도 없이 말이죠. 하지만 이제는 그 이유를 알았어요. 저는 행복해지는 방법을 몰랐기 때문에 화가 났던 거였어요."

달수의 설명이 시작되자 동료들이 귀를 쫑긋 세우고 달수 앞으로 모여들었다. 달수는 어제 밤에 준비한 노트를 동료들에게 한 장씩 나누어 주었다. 그리고 한 가지씩 설명하기 시작했다. 사장님은 달수가 한 가지씩 행복의 비밀을 설명할 때마다 무릎을 치며 맞장구를 쳤다.

"제가 나눠드린 노트에 적힌 글귀를 항상 기억하세요. 희망을 간직하고 하루하루 성실히 일한다면 여러분들도 저기 계신 사장님처럼 성공하실 수 있을 거예요. 그리고 작은 일에 감사하고 사랑하는 사람에게 희생과 배려를 실천한다면 여러분들은 사회적인 성공과 함께 영혼까지 행복한 사람이 될 수 있습니다. 저는 여러분들이 제가 가르쳐드린 행복의 비밀을 통해 행복한 하루를 살게 될 것이라고 믿어요."

달수의 긴 설명이 끝나자 사장님이 자리에서 일어나 박수를 쳤다. 동료들도 모두 자리에서 일어나 박수를 쳤다. 멀찌감치 앉아서 입을 삐죽거리던 박 씨의 얼굴에서 굵은 주름이 조금씩 옅어졌다.

"나도 달수 씨처럼 변할 수 있을까?"

박 씨가 관심을 보이자 달수는 어린아이처럼 기분이 좋아졌다.

아름다운 일주일

"당연하죠. 행복해지고 싶다는 마음만 있다면 스스로를 변화시켜보세요. 스스로 노력한다면 충분히 자신을 변화시킬 수 있거든요. 여러분들 모두 제가 나눠드린 노트를 보면서 행복해지길 진심으로 기도드릴게요."

나눔으로
행복한 세상을 만들어 가는
사랑의 열매

사랑의 열매는 나눔문화의 정착 및 확산, 배분사업을 통한 민간복지발전을 위해 1998년에 '사회복지공동모금회법'에 의해 설립된 법정 민간 모금 및 배분 전문기관입니다. 국민의 자발적인 성금을 모아 아동 및 청소년, 장애인, 노인, 여성, 지역복지 등 매년 2만 여건에 가까운 다양한 민간복지사업을 지원함으로써 소외계층의 삶의 질 향상과 함께 민간복지발전을 위한 다양한 활동을 펼치고 있습니다. 또한, 나눔문화 확산 및 정착을 위해 매월 12일을 '나눔의 날'로 선포하고 한 달에 한번은 나눔을 생각하고 실천하도록 다양한 캠페인을 펼치고 있습니다. 이렇게 모인 성금은 각 전문위원들의 심사 및 심의를 거쳐 과학적이며, 공정하게 지원되고 있습니다. 재가복지 차량지원, 이동목욕 차량지원, 전동휠체어 지원, 다문화가족 지원, 노인보행보조기 지원, 긴급의료비 및 생계비 지원, 치매도우미파견사업, 전통문화지도사 양성 및 파견사업, 저소득 공부방 지원, 북한 및 해외 의료설비 지원 등 다양한 분야에 걸친 지원으로 우리 이웃들이 보다 건강하고 보다 안전하게 생활할 수 있도록 돕고 있습니다.

전국중입니다
여러분의 나눔이 행복한 세상을 만듭니다
똑같은 말인것을...

'사랑의열매'를 후원하려면 나눔은 '행복한 사회, 행복한 가족'을 만드는 사회적 투자입니다. 나눔으로 함께 하는 행복한 사회를 위해 행복 주주가 되어주세요. (www.chest.or.kr, 문의 02-6262-3079) ●한사랑나눔캠페인 월급의 일부를 나누는 직장모금 캠페인 ●한사랑나눔송년회 회비의 일부나 특별 모금을 통해 나눔을 실천하는 송년나눔 ●1004행복주주캠페인 사랑의 열매 행복주주가 되는 방법(1구좌 1004원) ●톨게이트 모금 희망2008나눔캠페인 기간 중 펼쳐지는 '동전 하나, 사랑더하기' 행사에 참여 ●행복해지는 전화 060-700-1212(1통화당 2,000원) ●착한가게캠페인 중소사업장 수익의 일정액 나눔 ●온라인 기부 인터넷 결제 서비스(www.chest.or.kr) 신용카드, 핸드폰 결제 ●은행에 비치된 사랑의열매 모금함 이용 ●'사랑역'에서 나누는 희망 1년 365일 지하철 1~8호선 전역에 설치된 모금함 ●사랑의열매 봉사단 참여하는 즐거움, 자원봉사

2007년 사회공헌대상

굿모닝신한 증권의 사회 공헌 조직은 2002년 봉사 동아리 사사모 설립을 필두로, 2003년 대리 이하급 열정으로 가득찬 직원들로 구성된 영리더 조직, 그리고 2006년 보다 전략적이고 집중화 된 사회 공헌 활동을 위해 사장님을 단장님으로 하여 구성된 사회봉사단 '新사랑' 조직 까지, 향후 굿모닝신한 증권은 지역사회 공헌 및 소외계층 지원, 문화 지원, 미래 세대 육성이라는 세가지 큰 틀 안에서 지속적인 사회 공헌활동을 펼쳐 나갈 것입니다.

행복을 배당하는 사람들…

내일을 바꾸는 새로운 투자
Upgrade Your Future 굿모닝신한증권

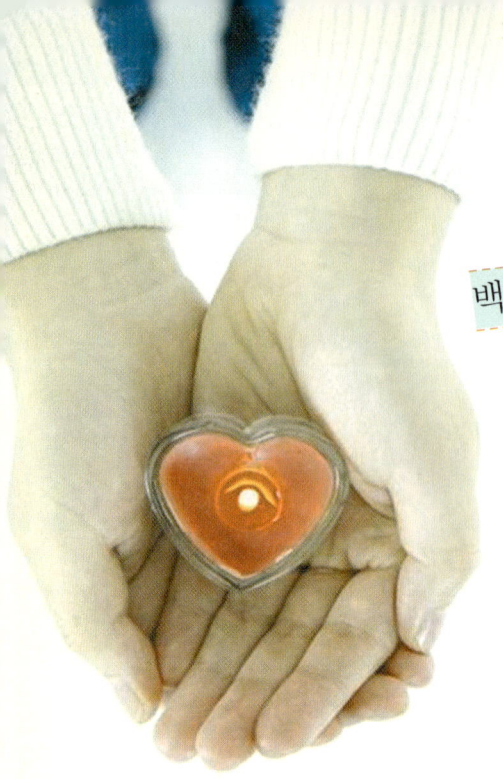

SINCE 1998. 2. 14

백혈병·소아암 어린이에게 희망을…

음악세상

역경은 희망에 의해 극복된다.

– 메난드로스

백혈병·소아암 어린이 돕기 기금 마련

LOVE CONCERT

Tel.. 051-333-9945 **Fax..** 051-331-9922 **HP..** 011-880-7744
홈페이지 음악세상(한글도메인) http://www.m-w.co.kr
＊홈페이지를 방문하시면 더 많은 자료를 열람하실 수 있습니다.

 사단법인 **한국백혈병소아암협회음악세상**

자/연/건/강/문/화/기/업
김정문알로에

자연주의, 인간존중, 사회기여를 경영이념으로 실천하는 김정문알로에는 어려운 이웃을 위해 다양한 노력을 기울리고 있다. 〈산수유제도〉, 〈만만만 생명운동 운동〉 등 지속적인 사회봉사 운동을 전개해 온점이 높이 평가되어 신산업경영원이 주최 〈2005년 제3회 한국윤리경영대상 사회봉사부문 대상〉을 수상하기도 했다. 고 김정문회장의 기업철학을 그대로 이어받은 現 최연매 대표이사는 나눔경영의 실체적인 청사진을 만들어나가기 위해 2010년 김정문회장의 아호를 붙인 〈백재伯栽 복지재단〉 설립을 계획하고 있다.

◉ 산수유 제도

❙ 경제 형편이 어려운 이웃에게 김정문알로에 제품을 무상으로 지원해주는 제도

산수유 제도는 고 김정문회장이 건강 강연을 끝낸 후, 자신의 병증을 호소하며 형편이 어려워 도움을 청하는 사람들에게 개인적으로 제품을 지원하면서 시작되었다. 1985년에 처음으로 '산수유 제도'라는 이름으로 재탄생, 체계적인 사회 공헌 활동으로 발돋음 하였다. 봄에 가장 먼저 피는 산수유 꽃처럼 생명의 시작점에서 출발하자는 의미를 담고 있다.

◉ 만만만 생명운동 http://www.manmanman.org

❙ 만명의 후원자가 만원의 후원금으로 최빈국 아이들 만명을 살리자는 운동

❙ 김정문알로에 본사 임직원을 비롯한 전국 사업자, 카운슬러도 나눔의 정신으로 만만만 생명운동을 실천하고 있다.

〈만만만 생명운동〉의 목적은 만 원의 후원금으로 아이들을 한달 굶주림에서 해방시키며 글을 알지 못하는 문맹으로부터 탈출하여 새로운 인생을 살도록 만들 수 있도록 한다. 2007년 7월기준 우간다, 네팔, 파라과이, 파키스탄, 탄자니아, 미얀마, 방글라데시, 몽골 등 27개국 42개지역 741명 아동 후원을 받고 있다.

사랑의 물 나누기 운동

두산중공업 독도에 담수설비 무상기증

올 여름 주요방송사들은 독도에서 수돗물이 콸콸 쏟아지는 장면을 내보냈다. 독도에 물이 부족하여 빗물을 받아 샤워를 해야 했던 독도 1호 주민 김성도씨 부부와 경비대원들이 함박웃음을 짓는 모습도 함께 전파를 타며 물의 소중함과 함께 독도에서 생활하던 사람들의 삶을 다시 한번 조명하게 되었다. 동도와 서도로 이루어진 독도는 자연경관이 빼어나고 한·일간의 영토문제가 국제적인 이슈로 늘 국민들의 관심을 받는 곳이지만 독도에 물이 부족하다는 사실을 아는 사람들은 별로 없었다. 이날 방송을 통해 독도에서의 물이 얼마나 절실했는가를 온 국민들이 알게 되는 계기가 되었다. 두산중공업은 세계 담수플랜트 분야에서 40%에 육박하는 시장점유율로 세계 1위를 달리고 있는 플랜트 전문기업이다. 해수담수화 기술은 바닷물을 먹는 물로 바꾸는 기술로, 사막을 녹지로 만들어 두바이의 기적을 가능케 한 기술이기도 하다.

두산중공업은 지난해에도 '세계 물의 날(3월22일)'을 맞아 광주과학기술원과 공동으로 캄보디아에 담수설비를 지원한 적이 있다. 오염된 물로 인해 수인성질병으로 고통 받고 있는 캄보디아 어린이들을 위한 것이었다.

올해에도 우연히 독도의 경비대원과 주민들이 물이 부족하다는 사실을 전해 듣고 지난 3월 물의 날을 맞아 독도에 무상으로 담수설비를 지원키로 한 것이다.

독도는 동도와 서도로 구성돼 있는데, 동도에는 경비대원들과 등대관리원이 살고 있고, 서도에는 유일한 독도주민인 김성도씨 부부가 살고 있다. 동도에는 기존에 사용하던 담수설비가 있으나 시설이 노후화되어 불편을 겪고 있었고, 서도에는 아예 담수설비가 없어서 김성도씨는 빗물로 샤워를 하고 먹는 물은 동도에서 길어다 써야 했다.

두산중공업은 동도에는 하루 70명 정도가 사용할 수 있는 최신 담수설비로 교체해 주고, 서도에는 하루 10명이 사용할 수 있는 담수설비를 신규로 설치했다. 지난 6월 개최한 독도 해수담수화설비 준공기념행사에 참석한 김성도씨는 이제는 마음 놓고 샤워를 할 수 있겠다면서 기뻐했다.

독도에 담수설비를 설치하는 데는 어려움도 많았다. 독도는 파도가 거세고 접안시설이 취약해 아주 맑은 날이 아니면 접안 자체가 힘든 섬이다. 또한 섬 자체가 천연기념물로 지정되어 있어 각별히 자연환경을 훼손하지 않도록 신경을 써야 했다. 또한 섬 지역에 적합한 역삼투압(RO)방식으로, 인터넷전용선을 통해 원격지에서도 운전상태를 점검할 수 있는 최신 설비이다.

두산중공업은 앞으로도 국내 도서지역이나 동남아 지역 등 물 부족으로 고통 받고 있는 곳이 있다면 담수설비 지원을 확대해 나갈 계획이다.

SK텔레콤
사회공헌활동

SK telecom

함께하는 마음
행복한 대한민국

01 SK텔레콤 사회공헌활동 개요

근본적인 사회변화를 이끄는 차별화된 SK텔레콤의 사회공헌

우리나라 기업의 사회공헌활동은 일시적인 사회 이슈에 '기부'와 '자선'을 중심으로 진행되던 양적 성장단계를 거쳐, 사회공헌을 장기적이고 간접적인 사회투자로 인식, 사회와의 상생을 추구하며 전략적 활동을 전개하는 질적 성장단계에 도달했다고 할 수 있다. 이러한 기본적인 사회공헌 활동의 질적 성장단계에서 SK텔레콤은 한걸음 더 나아가 핵심적인 사회문제 해결에 기여하는 차별화된 사회공헌활동을 전개하고 있다.

SK텔레콤의 경우 2003년 전담부서인 사회공헌팀을 신설하여 조직화된 선진형 사회공헌 활동을 기획, 실행하고 있으며, 특히 업의 특성을 반영한 '모바일 미아찾기' 등의 모바일 공익프로그램 운영과 '사회문제가 기업문제' 라는 기업시민정신으로 소외계층의 일자리 창출에 역점을 둔 행복 도시락 사업, 장애통합 보조원 파견사업 등은 SK텔레콤만의 선도적인 사회공헌 활동이라고 할 수 있다.

특히, 사회복지, 모바일 공익사업, 교육/장학, 자원봉사, 글로벌의 5가지 분야로 나누어 중점추진사업을 적극적으로 전개하고 있다.

02 주요 분야별 프로그램 소개

I. 사회복지 분야
- (1) 장애통합교육 보조원 파견 사업- 일자리 창출과 장애통합교육 두 마리 토끼를 동시에
- (2) 행복 도시락 사업- 선진적 급식 체계의 스탠다드 모델 '행복도시락'
- (3) SK 행복 마을-소외계층 주거 안정 대책 마련

II. 모바일 공익 분야
- (1) 모바일 공익사업-손끝에서 시작하는 새로운 이웃 사랑
- (2) 올바른 휴대폰 사용 문화 조성 캠페인
  - 어르신 휴대폰 사용 교육
  - 폐 휴대폰 수거 캠페인
  - 청소년 휴대폰 중독 예방 캠페인

III. 교육 및 장학 분야
- (1) 1318 해피존-사회의 변화와 함께 달려온 미래 꿈나무를 키우는 '희망투자'
- (2) 장애청소년 IT 챌린지-장애가 없는 정보의 바다
- (3) 해피 뮤직 스쿨

IV. 자원봉사 분야
- (1) 임직원 자원봉사- 여럿이 나눌수록 커지는 행복
- (2) 고객 자원봉사단 Sunny-도움이 필요한 곳에 밝은 빛을 밝히는 '선한이'
- (3) 가족자원봉사

V. Global 분야

세계로 뻗어 나가는 SK의 행복날개

SK텔레콤의 글로벌 사회공헌의 목표는 국경을 뛰어넘는 글로벌 인재 양성으로, SK그룹이 오랜 시간 공들여 온 교육장학사업은 SK텔레콤 글로벌 사회공헌의 밑거름이 되고 있으며, 교육환경이 열악한 동남아시아를 중심으로 다양한 교육문화 사업이 펼쳐 나가고 있는 것이다.

- (1) 베트남 사회공헌-베트남 내 사회공헌활동으로 세계 시민의 책임 완수 노력
- (2) 중국 사회공헌활동
- (3) 몽골 사회공헌활동

변화의 힘, 자원봉사

서울특별시자원봉사센터

- 1999. 11. 새서울자원봉사센터 개소 · 2003. 06. 서울특별시자원봉사센터로 명칭변경
- 2006. 01. 서울특별시자원봉사센터 설립

설립목적

시민의 자발적인 참여를 고양하고 자원봉사활동을 효과적으로
지원 · 조정 · 육성함으로써 지역사회 발전 및 시민 삶의 질 향상에 이바지함

조직목표 및 방향

》》 목표
- 삶의 질 향상 ➜ 공동체성회복, 경쟁력강화

》》 핵심과제
- 체계적인 자원봉사활동 지원을 위한 기반 구축
- 시민 역량강화 및 생활권 단위 거점 개발
- 센터 역량강화를 위한 교육 · 연구 기능 강화
- 자원봉사 붐 조성을 위한 정책개발 및 홍보
- 안전한 봉사환경 조성과 수요기관 만족도 제고

》》 핵심기능
- 지원 · 조정 · 관리기능 · 민 · 민 네트워크 허브기능 · 민 · 관 파트너십 인프라기능

주요사업

》》 생활권 단위의 자원봉사거점 구축사업
- 자원봉사 캠프 설치 및 관리 · 자원봉사 상담가 양성 및 관리

》》 자원봉사 네트워크 구축사업
- 네트워크 구축사업 및 자원봉사 물결운동 · 서울사랑 나누미 운영 · 정보 인프라 구축 사업

》》 민 · 관 파트너십 구축사업
- 시정협력 자원봉사단 운용 · 민 · 관 파트너십 실행모형 개발 · 국제협력사업

》》 자원봉사 역량강화를 위한 교육 · 연구사업
- 자원봉사자 및 지도자 교육, 관리자 아카데미
- 자원봉사 정책개발 및 연구사업 · 자원봉사 프로그램 개발 및 보급

》》 자원봉사 활성화 촉진사업
- 자원봉사자대회 및 축제 · 자원봉사 홍보 CF 홍보 및 자원봉사 UCC공모
- 자원봉사 프로그램 공모 · 지원사업

행복이 시작되는 1365

서울특별시 중구 남산동 3가 34-5 남산빌딩 302호
TEL 02-776-8473~8 **FAX** 02-776-8481 http://volunteer.seoul.go.kr

사랑을 행동으로

'모든 아동은 가정을 가질 권리가 있다'

이 말은 지금으로부터 약 50여 년 전 홀트아동복지회를 설립한 해리 홀트 씨가 한 말로 UN아동권리협약 중 입양의 기본정신이 되었습니다.

홀트아동복지회는 이 정신을 비전으로 삼아 '사랑을 행동으로' 라는 기치아래 부모 품을 떠날 수밖에 없는 아동들에게 새로운 가정을 찾아주었고, 입양아동들이 사회구성원으로 밝게 자랄 수 있도록 건전한 입양문화정착을 위해 노력하고 있습니다. 아울러 우리사회에서 소외되고 고통 받는 이들의 가까운 이웃으로 함께 하고자 아동, 청소년, 미혼모, 장애인, 저소득계층, 외국인이주노동자가정 및 지역사회에 전문적인 사회복지서비스를 제공하면서 그들이 가정 및 지역사회에서 밝고 따뜻한 삶을 이룰 수 있도록 지원하고 있습니다.

◉ **홀트아동복지회 사회복지기관**

아동상담소 | 서울, 부산, 충청, 광주, 인천, 경기, 강원, 성남, 전북, 경남, 울산, 대구

아동보호시설 | 홀트일시보호소, 전주영아원

장애인시설 | 홀트일산복지타운, 홀트일산요양원, 홀트학교, 고양시장애인복지관

미혼모자시설 | 아침뜰, 고운뜰, 아름뜰, 클로버

지역복지시설 | 홀트대구복지관, 운봉복지관, 하남복지관, 홀트수영복지관, 결혼이민자가족지원센터, 마포구건강가정지원센터

◉ **입양상담 · 후원문의**

02-322-8673 / 1588-7501

www.holt.or.kr

holt 홀트아동복지회

김성은 홀트 홍보대사